關公駕到

SALUTE TO KWAN KUNG

大館——古蹟及藝術館　策劃
設計及文化研究工作室　著

目錄

拜見關二哥

義薄雲天，正氣凜然。

三國時代人物關羽，被後世尊為「關公」，曾擔當儒、釋、道三家代言，受百姓以至皇帝敬奉。他戲劇性的人生被視為「忠義仁勇」的典範，並透過小說、戲曲等傳播，融入民間生活，如今海內外華人社區仍到處可見他的身影。

大館作為前中區警署建築群，昔日在這裏工作的紀律人員，當中不少亦曾供奉這位中國神明。以紀律部隊「拜關帝」的習俗為契機，大館與設計及文化研究工作室於二〇一八年合作「關公駕到」展覽，嘗試追溯關公在歷代社會中的角色演變及影響。

本書是展覽的延伸，期望在關羽逝世一千八百週年前夕，與大家一同拜見這位中國文化的公關大使，透過他的故事，探索傳統文化的創造力。

二〇一九年七月

第一部 歷史篇

事關重大

姓名：關羽，字雲長，本字長生。

性別：男

籍貫：河東解縣

生卒：？至建安二十四年底（二二〇年年初）

特徵：美鬚髯（「髯」尊指兩頰上的鬍鬚，亦表示多鬚的人。）

家庭：兩子（關平、關興）、一女（姓名不詳）

任職：別部司馬（私人部隊主管）

行使下邳太守（類似現今的市長）職權

偏將軍（低級將軍）

襄陽太守

盪寇將軍（中級將軍）

董督荊州事（類似地區總督）

前將軍（高級將軍）

假節鉞（代表君主行使職權）

榮銜：漢壽亭侯

壯繆侯

品格高尚
聰慧好學
外貌出眾
性格驕傲
武藝高強

背景 三國時代

關羽的人生在東漢末年開展，在魏、蜀、吳三國正式立國前結束。他身處的時代充滿苦難，卻被文學家塑造成一個「華麗的亂世」，至今依然是熱門的創作題材。

當時朝政敗壞，宦官與外戚集團爭權殘殺，豪族兼併土地，壓榨百姓；民間宗教領袖張角聚合數十萬人，乘機揭竿起義，史稱「黃巾之亂」。為穩定局勢，朝廷批准地方官員掌握軍權，縱容地主組織私人武裝對抗，將漢朝推向群雄割據的混亂局面。在此背景下，關羽作為出色的武將打出名堂。

三國時代結束不久，陳壽為這段歷史寫下《三國志》，一百多年後裴松之再加以補充，成為後世創作關羽傳說的主要參考。全書分為魏、蜀、吳三部分，共六十五篇，以傳記方式撰寫在政治、經濟、軍事、學術、文藝、科技方面有貢獻的人物。時間橫跨東漢末年至西晉統一，約一百多年。

陳壽

（二三三至二九七年）原是蜀漢的觀閣令史，負責管理國家書籍。蜀漢亡後在晉朝出仕辦理朝廷檔案，期間寫下《三國志》，是現存最可信的三國史書。

裴松之

（三七二至四五一年）南朝劉宋時期的官員，奉命為《三國志》補漏作注。他廣引史料，雖繁雜卻辨析精確，對後世認識三國歷史非常重要。

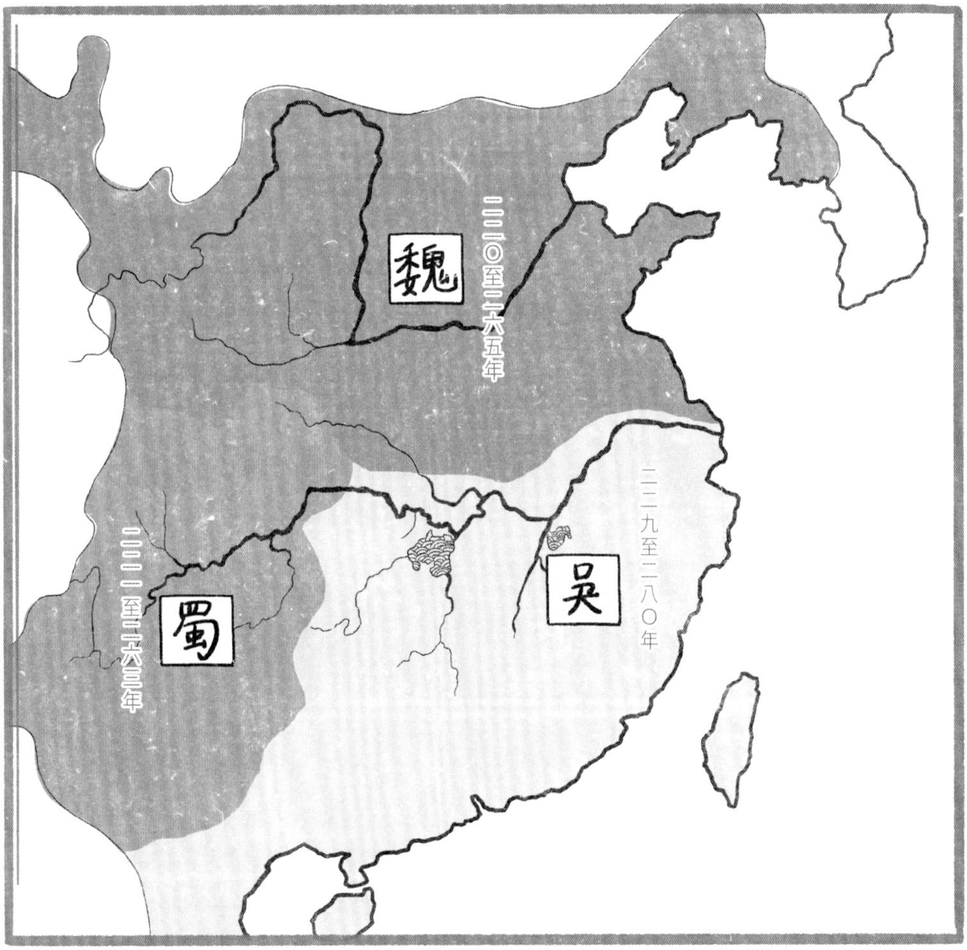
魏
二二〇至二六五年
蜀
二二一至二六三年
吳
二二九至二八〇年

魏、蜀、吳三國勢力圖

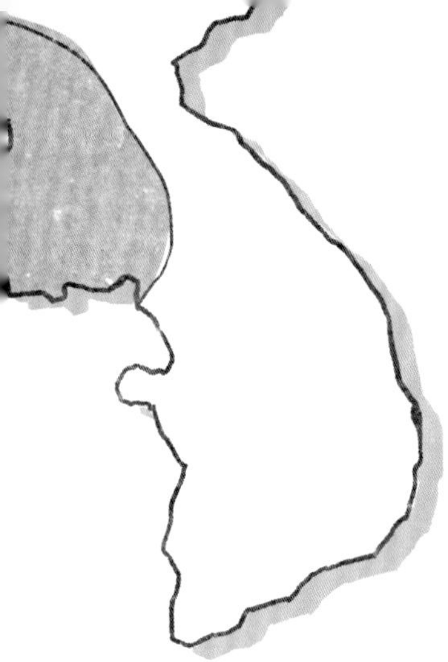

有「關」地點

關羽一生征戰，由北到南，在這些地方留下足跡：

解　州：家鄉

涿　郡：與劉備、張飛相遇。

下　邳：曾駐守此城，及後戰敗並投降曹操。

白　馬：在此斬殺袁紹軍的敵將顏良

汝　南：離開曹操後與劉備重聚

新　野：隨劉備屯兵於此

南　郡：成為荊州首長後駐守於此

關羽瀨：益陽的一處河灘，因關羽曾結營於此與東吳軍對峙而得名。

樊　城：北伐攻打曹操的領土

麥　城：最後退守之地

臨　沮：殉難之處

當　陽：傳說關羽遺體葬於此

洛　陽：東漢首都，傳說關羽首級葬於此。

幽州
涿郡
幷州
冀州
平原
青州
鄴城
白馬
兗州
涼州
司隸
解州
下邳
官渡
許昌
洛陽
長安
徐州
汝南
豫州
新野
漢中
樊城
襄陽
建業
益州
臨沮
當陽
麥城
成都
夷陵
南郡
荊州
赤壁
漢壽
關羽瀨
揚州
交州

有「關」事件

關羽約在這段時間出生

亡命至涿郡，結識劉備和張飛。

關羽任別部司馬

三國時代事件

漢

延熹二年（一五九年）
桓帝聯同宦官誅滅外戚，後演變成宦官與外戚集團爭權殘殺的局面。

永康元年（一六七年）
桓帝駕崩，靈帝即位，宦官專權，國勢日衰。

中平元年（一八四年）
黃巾之亂爆發，中央政府借地方勢力平亂，地方官員及豪強擁兵自立。

中平六年（一八九年）
靈帝駕崩，少帝即位。董卓進入洛陽，廢少帝，立獻帝，把持朝政，漢朝廷自此名存實亡。

初平元年（一九〇年）
關東諸州以袁紹為盟主，討伐董卓。董卓遷都長安。

初平二年（一九一年）
劉備受封平原相

初平三年（一九二年）
董卓被殺

關羽守衛下邳城

關羽投降曹操，被拜為偏將軍。在官渡之戰斬袁紹軍猛將顏良，受封「漢壽亭侯」。後來得悉劉備消息，離開曹操，回歸劉備。

初平四年（一九三年）
曹操攻打徐州牧陶謙

興平元年（一九四年）
陶謙死，劉備接任徐州牧。

興平二年（一九五年）
長安發生爭權混戰，獻帝東逃。

建安元年（一九六年）
曹操迎獻帝至許都，從此挾天子以令諸侯。
數年間孫策佔據江東一帶，奠定孫吳政權基業。
劉備被不同軍閥打敗，投靠曹操。

建安四年（一九九年）
劉備脫離曹操獨立，進駐徐州。

建安五年（二〇〇年）
曹操擊敗劉備，劉備逃奔袁紹。
曹操與袁紹展開官渡之戰（三國三大戰役之一）
劉備被袁紹派往南方，夾擊曹操。
同年曹操擊敗袁紹。
孫策死，其弟孫權繼位。

建安六年（二〇一年）
劉備到荊州投靠劉表

建安七年（二〇二年）
袁紹死，兒子爭位。
劉備火燒新野，擊退曹操。

建安十二年（二〇七年）

袁氏滅亡，曹操控制河南及河北地區。

劉備「三顧草廬」，請出諸葛亮。

建安十三年（二〇八年）

曹操率軍南下，劉表病死，劉備南逃跟孫權結盟，與曹操展開赤壁之戰（三國三大戰役之一）。

曹操敗北，劉備佔據荊州南部四郡。

赤壁之戰後，關羽出任襄陽太守、盪寇將軍、駐守江北。

建安十五年（二一〇年）

孫權將部分荊州借給劉備

建安十六年（二一一年）

劉備進軍益州

建安十七年（二一二年）

劉備派諸葛亮等人西進夾攻

關羽留守荊州

建安十九年（二一四年）

劉備控制益州

關羽成為荊州最高長官

建安二十年（二一五年）

孫權要求討回荊州。

曹操控制漢中，直迫益州。

為免兩面受敵，劉備割部分荊州土地予孫權，準備與曹操爭奪漢中。

關羽與吳軍對峙，後與孫權大臣魯肅會晤。

關羽獲封前將軍，假節鉞。
同年北伐曹操，初期大勝，
後遭孫權和曹操夾擊敗亡。

建安二十四年（二一九年）
劉備平定漢中，自稱漢中王。
孫權擊敗關羽，佔據劉備之前控制的荊州土地。

魏

黃初元年（二二〇年）
曹操死，兒子曹丕繼位。
曹丕廢漢帝，建立魏國，漢朝正式滅亡。

黃初二年（二二一年）
劉備以承繼漢祚的名義稱帝，建立蜀國，並以為關羽報仇為由與孫權展開夷陵之戰（三國三大戰役之三），最終戰敗。

黃初四年（二二三年）
劉備死，兒子劉禪繼位。
孫權重新與蜀漢結盟，與魏國斷交。

太和三年（二二九年）
孫權稱帝，建立吳國，三國正式鼎立。

景元元年（二六〇年）
蜀國追封關羽為「壯繆侯」

有「關」人物

劉備

（一六一至二二三年）

自稱皇族後裔。與母賣鞋織席為生，少有大志，終成蜀漢的開國君主。跟關羽、張飛情同兄弟。

張飛

（?至二二一年）

視關羽為兄長，兩人皆一同被當世譽為「萬人敵」。

公孫瓚

（?至一九九年）

劉備投靠他時，任關羽為別部司馬。

陶謙

（一三二至一九四年）

徐州牧（有軍權的地方首長），被曹操視為殺父仇人。死前將徐州交予劉備接管，關羽負責守下邳城。

曹操

（一五五至二二〇年）

曹魏的奠基者，逐步權傾天下，希望收關羽為己用，死後獲追謚為「太祖武帝」。

袁紹

（?至二〇二年）

名門望族出身，戰勝公孫瓚後佔領河北，後敗於曹操。關羽降曹期間，劉備正投靠他。

張遼

（一六九至二二二年）

曹魏名將，關羽好友，曾以七千人抵擋東吳號稱十萬大軍。

徐晃

（?至二二七年）

曹魏名將，關羽的好友，成功抵擋關羽進攻樊城。

顏良

（?至二〇〇年）

袁紹麾下的猛將，雖驍勇但性格促狹（缺德）。有學者認為顏良誤以為關羽來袁營投靠劉備才會被輕易斬殺。

劉表

（?至二〇八年）

皇族後代，割據荊州。關羽隨劉備投靠他。劉備曾勸他趁曹操北征時進攻，但沒有被採納。

孫權

（一八二至二五二年）

吳國的開國皇帝。據守江東一帶，曾與曹操夾擊關羽得勝，佔得部分荊州。

諸葛亮

（一八一至二三四年）

被譽為「臥龍」，出山後成劉備智囊，主張孫劉結盟共抗曹魏。關羽、張飛曾埋怨劉備對他太看重，經劉備勸解後平息。

馬超

（一七六至二二二年）

本割據於西北涼州一帶，勇猛善戰，曾起兵反曹，敗北，最後投奔劉備。關羽曾問諸葛亮，馬超的才華可以跟誰人媲美。

魯肅

（一七二至二一七年）

吳國將領、富豪。力主聯劉抗曹，主理借荊州一事。曾與關羽會晤。

黃忠

（?至二二〇年）

在劉備軍征荊南四郡時加入，在漢中戰役中表現出色，受封後將軍，跟關羽同級。

呂蒙

（一七八至二二〇年）

孫吳名將，反對孫劉聯盟，擊敗關羽後不久病逝。

于禁

（?至二二一年）

曾任曹魏的假節鉞，被關羽擊敗投降，晚節不保。

龐德

（?至二一九年）

原為馬超部下，後投靠曹操。驍勇善戰，在樊城一役中被關羽打敗，拒降被殺。

關羽

史傳解密

《三國志》記述關羽的文字不多，約一千七百多字，雖沒有獨立成傳（與張飛、馬超、黃忠和趙雲合為一傳），但其生平事蹟及人格魅力卻成為後世作家的靈感泉源，以他的生命為寫照，道出中國文化的總總內涵。

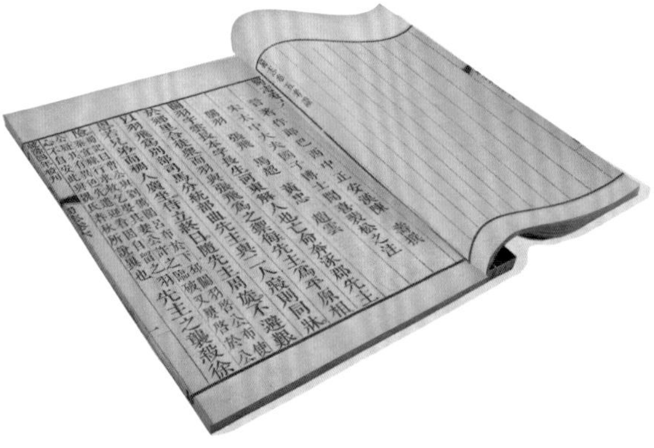

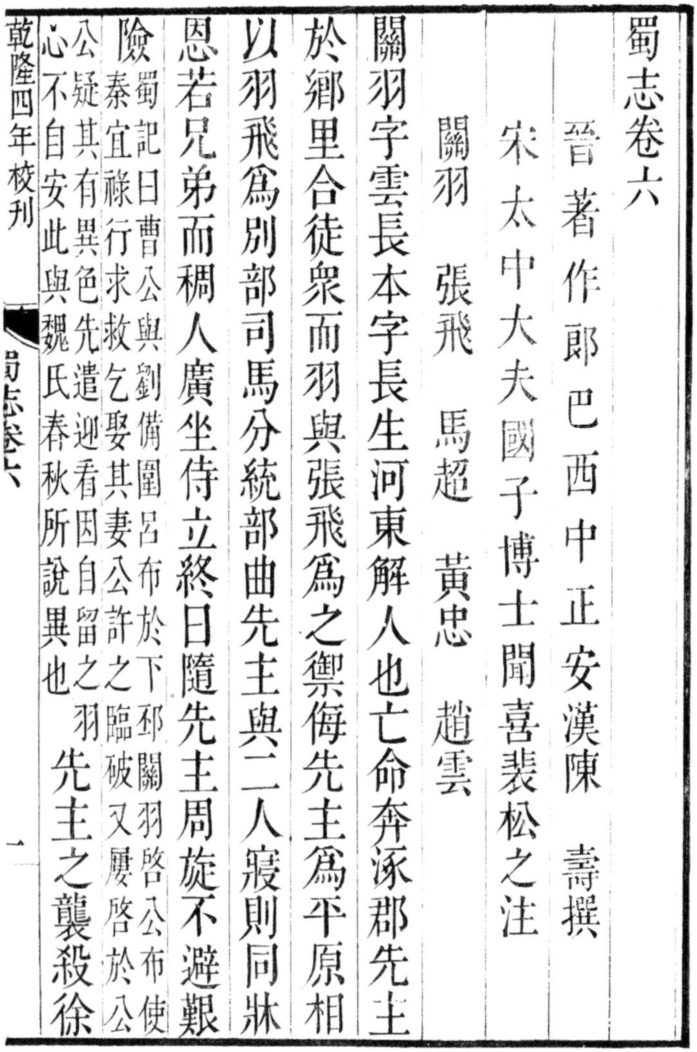

蜀志卷六

晉　著作郎巴西中正安漢陳　壽撰

宋太中大夫國子博士聞喜裴松之注

關羽　張飛　馬超　黃忠　趙雲

關羽字雲長本字長生河東解人也亡命奔涿郡先主於鄉里合徒衆而羽與張飛爲之禦侮先主爲平原相以羽飛爲別部司馬分統部曲先主與二人寢則同牀恩若兄弟而稠人廣坐侍立終日隨先主周旋不避艱險（蜀記曰曹公與劉備圍呂布於下邳關羽啓公布使秦宜祿行求救乞娶其妻公許之臨破又屢啓於公公疑其有異色先遣迎看因自留之羽心不自安此與魏氏春秋所說異也）先主之襲殺徐

乾隆四年校刊　蜀志卷六　一

其他人在《三國志》中的字數記錄

曹操
超過三萬字

劉備
太多未必好，我的約一萬二千字。

諸葛亮
約六千字

張飛
不足八百字

平原相

「平原」位處山東省西北部，「相」為官名，相當於郡長。（位置見第十一頁地圖）

流亡與結聚

史書開首說關羽離鄉別井去了涿郡，遇上一生中最親密的伙伴。當時劉備正聚合鄉里抵禦敵人，關羽和張飛加入。劉備因討伐有功，受封不同小官職。後來三人投靠公孫瓚，劉備被封為平原相，任命關羽和張飛為別部司馬，分別統領部隊。三人

寢則同牀，恩若兄弟。

二人終日護衛劉備，出生入死。劉備受徐州牧陶謙重用，並在其死後接任州牧一職。後來被其他軍閥打敗，三人投奔曹操。

曹操挾天子以令諸侯，漢獻帝密謀刺殺他。劉備參與其中，借機殺了曹操部下，奪回徐州，關羽奉命駐守下邳城。劉備又與河北的袁紹結盟，共同抵抗曹操。

為《三國志》作注的裴松之補充了一段插曲：三人投曹期間，關羽曾數次請求將敵方秦誼祿的前妻杜氏許配給他。曹操當時答應，可是見過杜氏後卻據為己有，使關羽感到很難受。

【三國通識】

「別部司馬」關羽——亂世特別部隊的統領

東漢末年戰亂頻繁，各地豪族雇用私家軍自衛和擴展勢力，稱為「部曲」。「別部司馬」是統領這些「部曲」的主管，除了關羽和張飛，劉備亦曾任公孫瓚的別部司馬。後來三國鼎立，中央政府（主要是魏國）開始解散私人武裝力量，「別部司馬」逐步退出歷史舞台。

右手提繩，左手提筲箕。

身穿武裝，腰佩環首刀，亦兵亦農。

東漢末年武裝家兵陶俑

東漢末年別部司馬印

挫折與立功

建安五年（二〇〇年），迎來關羽的人生交叉點。

曹操親征擊敗劉備，關羽遭擒投降。曹操以厚禮相待，拜關羽為偏將軍，並派關羽的好友張遼探其口風。關羽說：

「吾極知曹公待我厚，然吾受劉將軍厚恩，誓以共死，不可背之。吾終不留，吾要當立效以報曹公乃去。」

不久，官渡之戰中，袁紹猛將顏良進攻白馬，關羽作為先鋒之一，在混戰中看見顏良的旌旗傘蓋，於是：

策馬刺良於萬眾之中，斬其首還！

因解除曹軍被圍的局面，關羽受封為「漢壽亭侯」。他認為已報曹操恩惠，於是將賞賜封存起來，留信告辭，歸奔劉備。曹操左右欲要追擊他，曹操卻說：

「彼各為其主，勿追也。」

關羽身後獲得種種榮譽，不僅在於他的勇猛，更在於他堅定的心志與恩怨分明的性格。而曹操的賞識與體諒，大有識英雄重英雄的氣概。

顏良

漢壽亭侯

「亭侯」是東漢給異姓大臣的封爵，屬最低一級。「漢壽」是象徵式的封地，位於湖南常德市東北一帶。（位置見第十一頁地圖）

【三國通識】

「騎士」關羽——殺敵裝束

「胡服騎射」早在春秋戰國已有記載，但當時仍以馬車作戰為主。到了三國時代，馬鞍的發明大大降低墮馬危險，騎兵才成為強大作戰部隊。騎士除了配備弓箭，還可使用近身格鬥兵器。從關羽策馬「刺」顏良的記載，估計是矛或劍一類兵器，合乎出土騎士俑的姿態。不過要像小說電影裏的猛將一樣，在馬上雙手持武器搏擊，還有待馬鐙的出場。（詳情請看第九十五頁）

此外，曹操與袁紹的大戰，首次記載了「馬鎧」（保護馬匹的裝甲）。「馬鎧」在當時極為珍稀，曹操只有不足十具，即使擁有萬匹戰馬的袁紹，亦只有三百具。

馬鞍，馬上平安。

漢代執矛銅騎士俑（甘肅省博物館收藏）

聯吳抗曹

厄困與轉機

陳壽在〈關羽傳〉中對劉關張三人重逢後的經歷只是輕輕帶過，但其實這是劉備軍最險峻的時期，差點全軍覆沒。

這段時期三人正在荊州投靠劉表，曹操逐步控制河北地區，並開始攻略南方。建安十三年（二〇八年），曹軍攻打荊州，劉表病死，劉備率領十多萬民眾逃難，並派關羽率船數百艘從水路會師。不久曹軍追至，奪取大批人馬軍需，劉備一行只餘數十人，幸與關羽船隊相逢才得以逃出生天！

裴松之在此補註：昔日三人投靠曹操時共獵，關羽曾勸劉備趁眾人走散時殺了曹操，但劉備沒聽從。船上關羽舊事重提，忿怒說：「如當初聽我說，便無今日之困！」可見當時的絕景。

危與機往往同時出現。劉備得到諸葛亮出山相助，南逃後與孫權結盟，在赤壁之戰大敗曹操，攻佔荊南四郡。後再向孫權借來南郡一帶土地，一時之間擁有遼闊領土。安頓後論功行賞，關羽被封為襄陽太守及盪寇將軍，屯兵漢江以北。

【三國通識】

「水軍將領」關羽——戰船配備

孫權在結盟前問劉備有多少兵馬，諸葛亮說：「歸還的戰士加上關羽水軍精甲仍有萬人……且北方人不習水戰，今孫將軍與我方聯手，定可大破曹操。」上一節提到「北方人」關羽騎馬大顯身手，南下荊州後又統領水軍，可見他跨越南北的軍事才幹和適應力。

孫權軍在船上載滿易燃品，利用火攻盡燒曹軍船隻。亦有一說在開戰前，曹軍中已瘟疫流行，加上北人不習水性，因備戰不足而導致失敗。

赤壁之戰後，孫權軍乘勝進攻南郡，期間關羽協助抵擋北方南下的曹操援軍，史料顯示他曾動用船隻。後來劉備任命關羽守荊州，估計亦與他的水戰才能有關。十年後關羽北伐，便是趁河水氾濫，乘大船擊敗曹軍。

赤壁之戰所用戰船，史書載分別有**蒙衝**、**鬥艦**和**走舸**三款。

蒙衝
主力戰船，負責衝擊敵船。船艙與船板由牛皮包覆，可作防火之用。

鬥艦
主力戰船，船身側面設防禦牆，上設攻擊口，供箭擊。

走舸
高速的戰鬥小船

【三國通識】

「劉備借荊州」借了哪些地方？

這段成為歇後語的歷史，記住荊州這兵家必爭之地。荊州位於中國中心，是通往四方的樞紐，每逢國家分裂必然大戰連場。曹操在赤壁之戰敗北，據守荊州北部襄陽、樊城及南陽一帶；孫權則佔領荊州中部，長江沿岸的南郡、江夏一帶；而劉備乘孫曹激戰之機奪取荊南四郡（武陵、零陵、長沙、桂陽）。荊州一分為三，宛如「小三國」。劉備向孫權所借荊州之地為南郡一帶，是西進益州的重要通道。劉備據此入蜀，實行三分天下之計。

荊州勢力分布圖

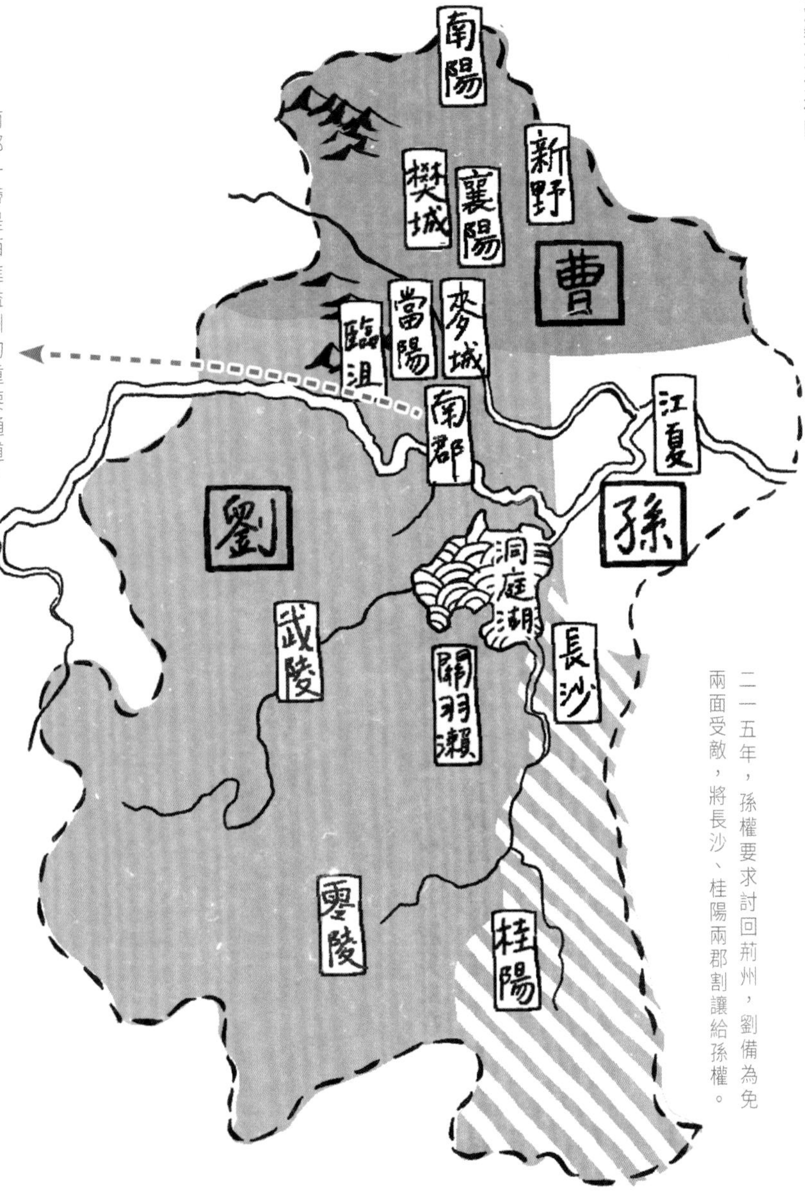

南郡一帶是西進益州的重要通道，二一〇年，孫權將南郡借給劉備。

二一五年，孫權要求討回荊州，劉備為免兩面受敵，將長沙、桂陽兩郡割讓給孫權。

戰爭與和平

劉備入蜀後，召諸葛亮、張飛等主力協助平定益州，並派關羽為荊州最高長官，負責董督荊州事。

當時荊州的形勢相當微妙緊張，孫權因劉備取了益州，便派人來討回荊州，卻遭到拒絕。關羽又將孫權派往荊南三郡的長官驅逐出境，令雙方關係進一步緊張，大戰一觸即發。

主張聯劉抗曹的東吳大臣魯肅邀請關羽單刀赴會，各駐兵馬在百步之外。席上魯肅力數借荊州不還的不義，關羽無言以對，反倒關羽一方有人說：

「夫土地者，惟德所在耳，何常之有！」

意思指土地應由有德行者管治，哪有荊州本來屬於孫權之理。魯肅聽罷厲聲斥責，關羽見情勢緊張，提刀起立對那人說：「國家大事，你懂什麼！」最後劉備為免兩面受敵，故將荊州部分地區割讓給孫權。

這段時期還發生了一段插曲：馬超新降劉備，受封平西將軍，關羽寫信問諸葛亮此人的人品才幹。諸葛亮知道關羽是好面子的人，回信先稱讚馬超文武全才，可媲美張飛，但遠不及關羽：

「猶未及髯之絕倫逸羣也！」

關羽有一把俊美的鬍鬚，故此諸葛亮美名他為「髯」，後人也因此略知關羽相貌。諸葛亮回答得體，讓關羽十分滿意，更拿此信向賓客展示。

【三國通識】

「美鬚髯」關羽——三國鬍鬚談

魏晉時期多以鬚的長度來描述男子的俊美。除了關羽，東吳將軍太史慈及魏國謀臣程昱亦被譽為「美鬚髯」，但以關羽的鬚最有名。

此外，史書記載孫權束一把紫色鬍子，曹操的兒子曹彰則有一把黃色鬍鬚。

東晉時期《洛神賦圖》中曹丕鬍鬚的樣式

各部位鬍鬚的專稱

高峰與敗亡

關羽的事業在晚年達到高峰，也在同一年敗亡。

《三國志》先以一段插曲作為鋪墊，寫關公受毒箭所傷，讓醫師在宴會上即席開刀治療，儘管血流如注，仍繼續割肉飲酒，談笑自若。這份無畏的氣魄，烘托後來大破曹軍的北伐之戰。

建安二十四年（二一九年），劉備自稱「漢中王」，關羽受封為前將軍、假節鉞，這是他生前受封的最高官職。同年秋天，關羽舉兵北伐，曹操派于禁增援，卻遇上連綿大雨河水氾濫，七路兵馬被淹沒。關羽借機出擊，于禁投降，龐德身亡，附近一帶盜寇起來響應，連曹操也要考慮遷都避其鋒芒。這次大勝使關羽威震華夏！

關羽繼續攻打曹操領地樊城。孫權軍將領呂蒙稱病，借故撤離前線，繼任的陸遜去信關羽，讚他北伐成功，請他放心出戰。關羽見對方資歷淺，於是抽調防禦孫權軍的兵力集中北伐。這時已與曹操結盟的孫權軍乘機北上，戰況急轉直下，關羽被夾擊敗走麥城，最終被孫權軍擒殺，長子關平陪同殉難。

假節鉞

代君主行使權力的高級職位，在軍中不用請示上級，便可斬殺犯軍令之人。

關羽輕敵而亡，源於他驕傲自負的性格缺陷。正史寫關羽曾拒絕與名氣不足的老將黃忠受封類似職銜（後將軍），是又一證明。而他重情義的性格，亦可能導致公私不分。史載曹軍將領徐晃為關羽好友，二人在樊城一戰中對陣時聊起往事，正當關羽沉醉於「敘舊」，徐晃突然下令進擊，令關羽驚慌失措。

樊城之戰地圖

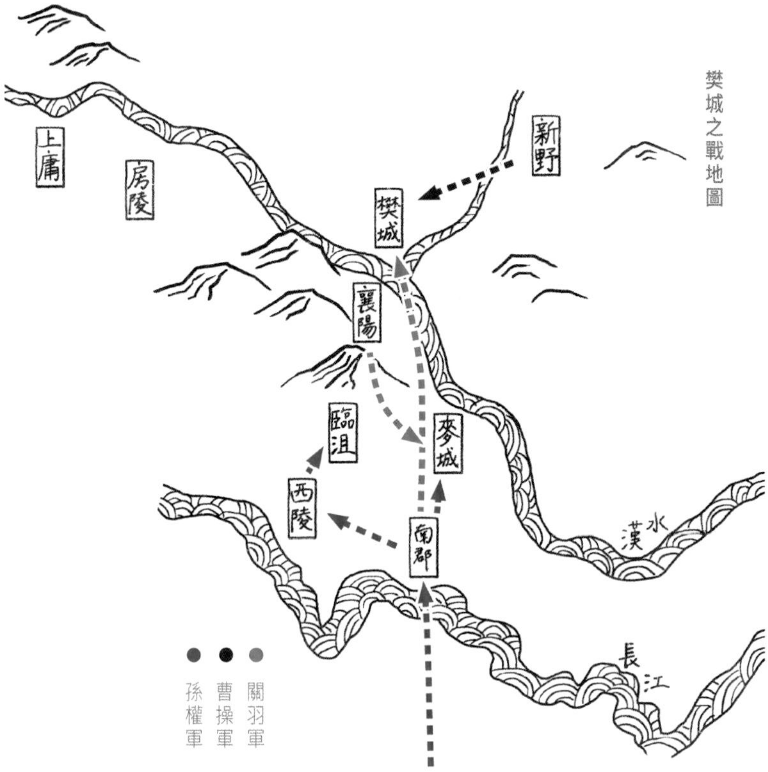

【三國通識】

關羽讀《左傳》——武將學識

《春秋左傳》簡稱《左傳》，補充和解說史書《春秋》，是中國最重要的史書之一，十分受武將追捧。除提升知識和修養，也能學到實用戰略。史載關羽好讀《左傳》，後世卻說成好讀《春秋》，令他讀書形象更深入民心。

除了關羽，孫權軍大將呂蒙、曹操部下李典和賈逵也是書迷。有學者認為，呂蒙讀書的原因之一是為了贏關羽。現在「吳下阿蒙」、「刮目相看」等成語均記住了呂蒙奮發讀書的事蹟。

【三國通識】

記錄關羽戰敗的書法作品

關羽攻不下樊城，還受了箭傷，只好撤退。曹軍大臣鍾繇撰寫《賀捷表》上報喜訊，指「賊帥關羽，已被矢刃……奉聞嘉憙，喜不自勝」。

鍾繇（一五一至二三〇年）是三國時代最有名的書法家，《賀捷表》被宋徽宗讚美為「正書（楷書）之祖」。但亦有後人有對「賊帥」二字感到不滿，拒學鍾繇的書法。

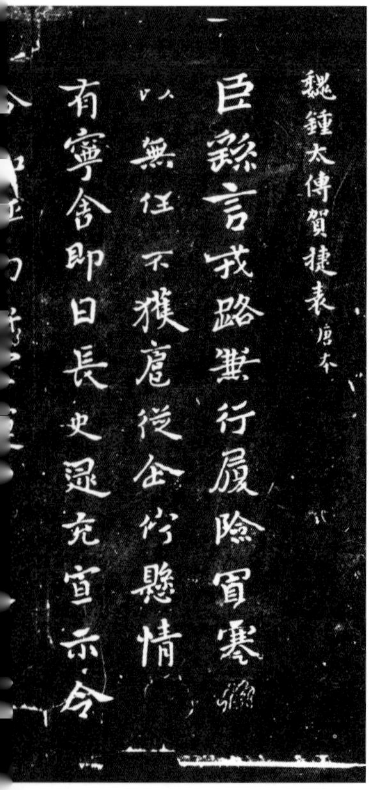

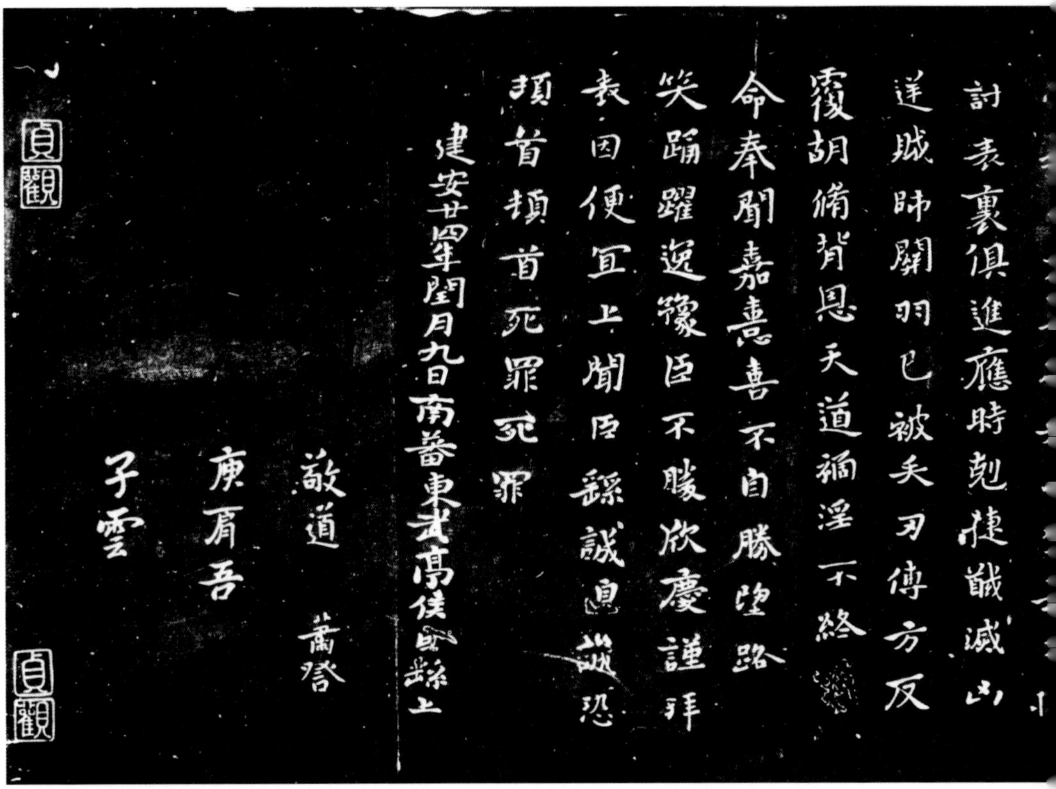
討表裏俱進應時剋捷馘滅凶
逆賊帥關羽已被矢刃傳方反
覆胡脩背恩天道禍淫不終
命奉聞嘉憙喜不自勝望路
笑踊躍逸豫臣不勝欣慶謹拜
表因便宜上聞臣繇誠惶誠恐
頓首頓首死罪死罪
建安廿四年閏月九日南蕃東武亭侯臣繇上
敬道　薦登
庚肩吾
子雲

鍾繇《賀捷表》（明代鬱岡齋帖本）
（美國哈佛大學燕京圖書館藏）

我也追封
張飛為「桓侯」，
馬超為「威侯」，
黃忠為「剛侯」，
趙雲為「順平侯」。

身後與子嗣

關羽死後，孫權將其首級送給曹操，曹操卻以諸侯之禮將關羽風光大葬。不久曹操去世，其子曹丕建立「魏」朝，東漢正式滅亡。

劉備知關羽身亡後，先稱帝建立「蜀漢」，接着不顧眾人反對，率將征吳為關羽報仇，最後戰敗退回白帝城，一年後便過身了。

關羽還有一子關興，能力出眾，名聲不錯，諸葛亮十分器重。二十歲左右便先後擔任侍中、中監軍等職務，可惜數年後離世。嫡子關統承繼家業，娶公主為妻，官至虎賁中郎將，死後無子，官職由關興庶子關彝續領冊封。

蜀漢景耀三年（二六〇年），即關羽身亡後四十一年，蜀國後主劉禪追封關羽為「壯繆侯」。據裴松之註，及後在魏滅蜀之戰，龐德之子龐會隨軍攻破蜀國，盡滅關氏一家，為父報仇，故此按正史關羽並無後裔。

壯繆

【三國通識】

「壯繆侯」——謚號褒與貶

古人有「聞其謚，知其行」的說法，謚號是古代禮制依貴族、官員生前功過和品德所給予的稱號，是概括一生的成績表。蜀漢政府以「壯繆」二字總結關羽的功過。

綜合古書的解釋：

「壯」有兩個意思，一指戰功彪炳的勇將，二指志存節義，但因事有窘迫，最終未能成功的人，帶有悲壯的意涵，以「壯」描述關羽的一生是貼切的。

「繆」指名氣和實績不相符。一說「繆」指關羽因自負而失荊州，「壯繆」可簡單理解為「犯了錯誤的壯士」。亦有人認為失荊州非一人責任，故「繆」是「穆」的意思，指關羽秉持公道，正義的內心與形貌一致，但不少學者認為此說理由未夠充分。

評價

對話參考史實編寫

陳壽

作為史學家，我想聽聽大家對關羽的評價。

劉備

忠貞不二的好兄弟！

張飛

講得好！

曹操

雖終不為我所用，但他不忘劉備恩德，乃天下義士。

張遼

他受曹公你的恩澤，總算曾經立功報恩！

郭嘉

以一敵萬，猛將的楷模！

劉曄

同意！

程昱

同意！

周瑜

這等熊虎之將，只要有一人，必可成大事！

呂蒙

他剛正磊落，熟讀《左傳》，是我的偶像！

陸遜

哼，這人驕傲自大，一立功就驕縱放肆，不值得大家給這麼高的評價吧！

廖立

對對，他只有勇名而無軍紀，才令荊州被奪。

《三國志》所載的關羽一生充滿傳奇色彩。他除了是蓋世猛將，也是一位恩怨分明，顧念舊情的率真之人。他一生隨劉備出生入死，其間報曹操厚待，更與曹營勇將張遼和徐晃結為好友。其性格不屑位高權重卻無能的人，卻善待一般士兵，最終又因剛傲的性格招致敗亡。

後世參考正史創造出豐富的關公傳說，賦予關公各種身分和職能，以適應不同歷史階段的社會需要和觀念轉變。下一章將娓娓道來。

不要說關將軍壞話！
小兵甲

對，關將軍對我們可好了！
小兵乙

他有些看不起我！
黃忠

對，他也看不起我！
馬超

關羽隨主公出生入死，個性不凡又有一把俊美鬍鬚，有點傲氣也很正常。
諸葛亮

關公

公關大使

在中國，身後被封神的人不少，但大多日久被遺忘；如關公般「職銜」愈來愈高，連帝皇家也祭祀的卻十分罕見。關公最初被視為厲鬼，受局部地域民眾祀奉，後獲僧人和道士引入宗教體系，顯靈傳說漸多。宋朝開始受官方重視，先封為公，後封王，廟宇增加，加上民間藝術的推波助瀾，到明朝成為最知名的神明之一。清廷正式封帝，列入儒家系統，接通中國傳統各階層和信仰。

漢封侯宋封王明封大帝

儒稱聖釋稱佛道稱天尊

清光緒年間黃馨陔在湖北荊州龍堂寺為關公所作

關公歷代封號表

【官方封爵】

【民間傳說】

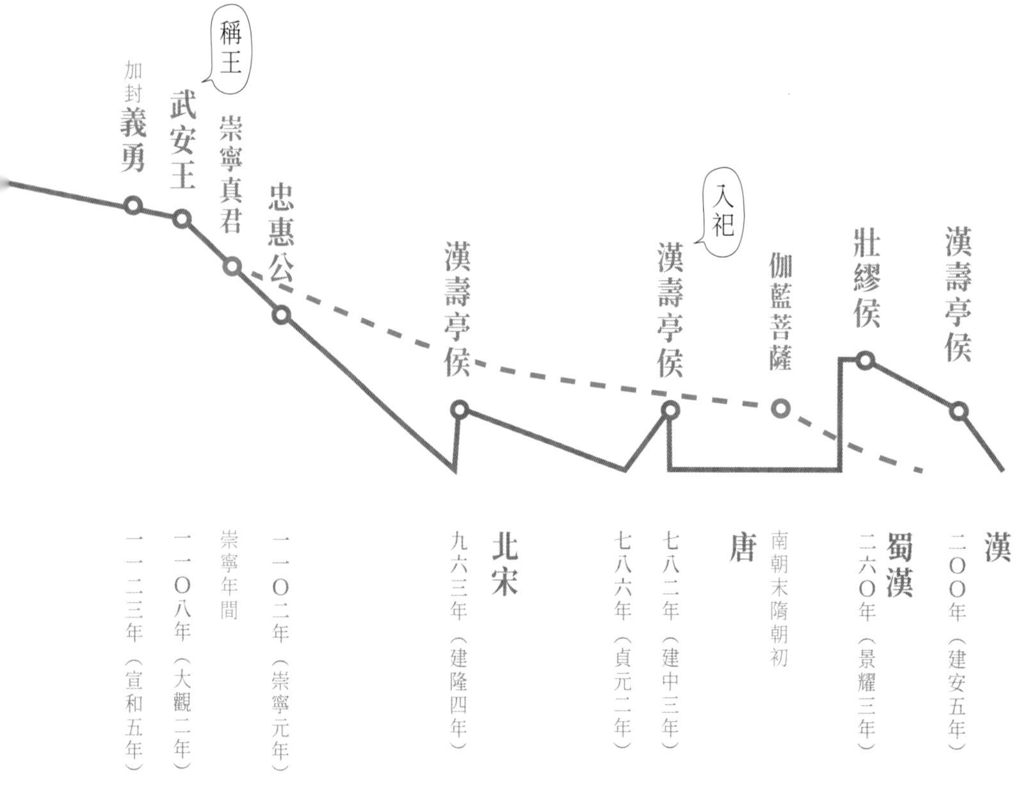

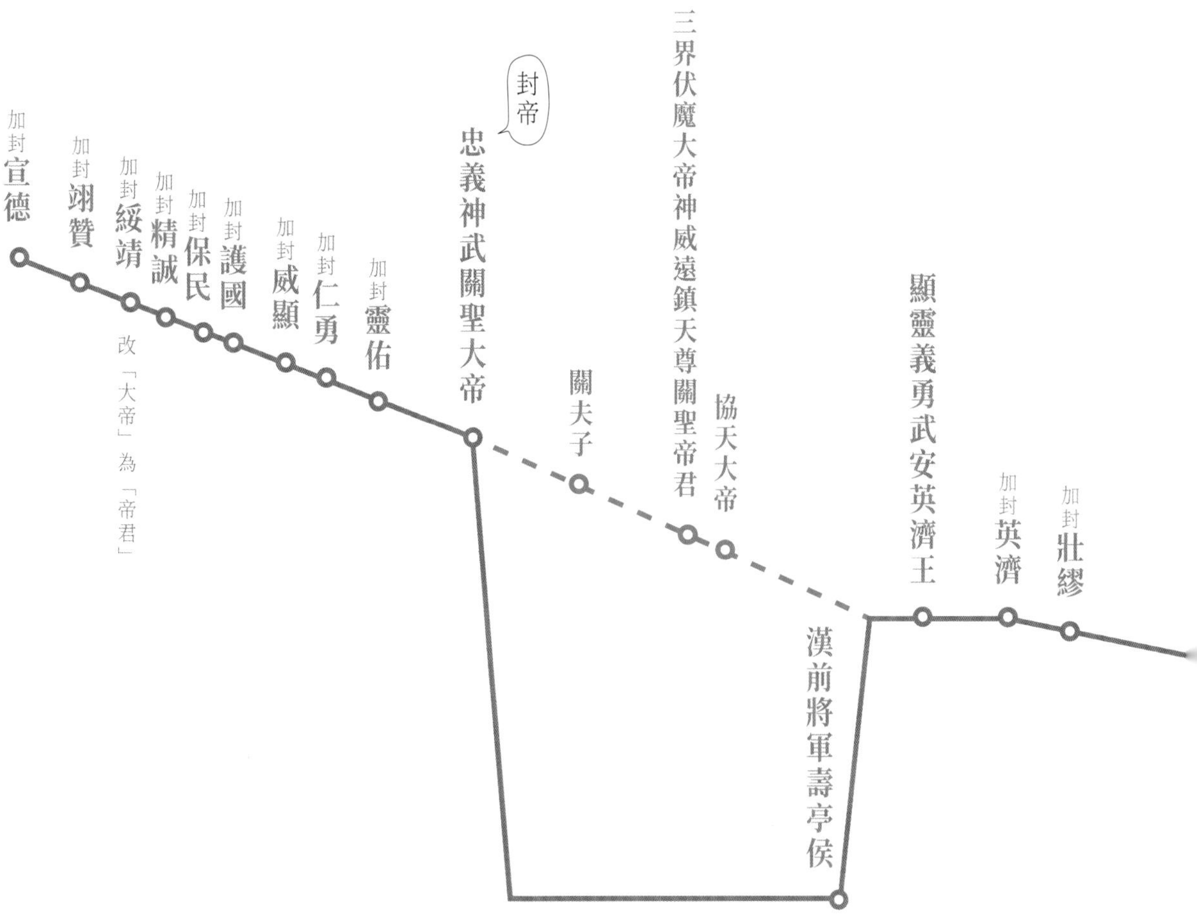

南宋

一一二八年（建炎二年）

一一八七年（淳熙十四年）

元

一三二八年（天曆元年）

明

一三七〇年（洪武三年）

一五八五年（萬曆十三年）

一六一四年（萬曆四十二年）

明末清初

清

一六五二年（順治九年）

一七六八年（乾隆三十三年）

一八一四年（嘉慶十九年）

一八二八年（道光八年）

一八五二年（咸豐二年）

一八五三年（咸豐三年）

一八五六年（咸豐六年）

一八五七年（咸豐七年）

一八七〇年（同治九年）

一八七九年（光緒五年）

唐朝入祀

「走馬百戰場，一劍萬人敵。」

（傳）唐代．郎士元《關公祠送高員外還荊州》（節錄）

關公是位「萬人敵」的猛將，身後被一些武將視為楷模，不過直至中唐才開始受官方祭祀。在「安史之亂」後，朝廷為引導各路藩鎮效忠，命官員翻開史書，挑選具備武德的名將，作為從祀（陪祭），供奉在主祀姜太公的國家武廟。於是「蜀前將軍漢壽亭侯關羽」首次受祭於國家級廟宇。可惜叛亂持續，皇帝被迫逃離首都，沒多久所有從祀皆被逐出。

此外，唐代正式設館修史，並新設〈忠義〉列傳，收錄甘願為國（忠）、為人（義）犧牲的人，後世史書皆有效法。後人以此概念詮釋關公事蹟，令關公逐漸成為「忠義」的代言人。

安史之亂

從七五五至七六三年，持續八年的內亂，是唐朝由盛而衰的轉捩點。那時地方將士擁兵自重，藩鎮割據的局面猶如關公身處的東漢末年。

姜太公

商朝末年至西周初年人士，曾輔助周文王建立功業，被視為兵家之祖。從唐代（七三一年）設置武廟，至明朝（一三八七年）廢除為止，他始終為廟內主神，坐穩國家武神之位達六百五十六年。

佛教護法

目前最早關於關公信仰的文獻，是唐代一篇記述當陽玉泉山關廟重修的文章。此文說明：

- 唐代貞元十八年（八〇二年）之前已有關廟，在玉泉寺附近。
- 陳朝（南朝）光大年間（五六七至五六八年）關公顯靈捨地，並幫助智顗禪師建玉泉寺。
- 關公威武形象有助震懾僧人持戒護淨，不敢有褻瀆舉動。
- 稱呼關羽為「關公」。

玉泉山位於荊楚一帶，早有祀奉厲鬼的古俗，相信早期關公信仰由此發源。厲鬼多為含恨而死的名人猛將，祀奉為免他們把生前怨恨遷怒人間。一些唐、宋筆記將關公像形容得凶惡可畏，會懲罰侮慢他的人；不過亦會保護敬祀他的人，甚至提供建廟木材。

史載智顗禪師在隋代初年（五九〇年前後）建玉泉寺，卻沒有提及關公。關公顯靈捨地的傳說，應是後人結合本土傳說創作，使佛教本土化，親民易懂。

傳到宋代，故事變成關公受大師點化後皈依，逐漸成為佛寺守護神「伽藍菩薩」。

伽藍菩薩

意思是寺院守護神，「伽藍」在梵語中指寺院。今天漢傳佛教佛寺中的伽藍菩薩有不少為關公造型。

在《三國演義》中，我死後以厲鬼形象再度登場，經佛教點化，放下「還我頭來」的執念，升格為神。

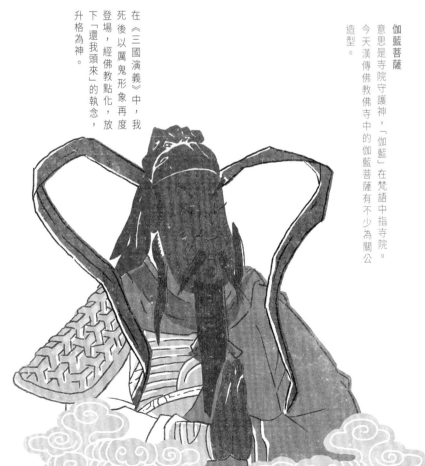

宋元稱王

「男兒有死節，可殺不可量。」

宋代・張商英《題關公像》（節錄）

宋太祖立國初年便承襲唐制建設武廟，關公本來入祀，但不久又以遭敵國擒殺為由除名（廟內所有功業有瑕疵者一律剔除）。直至北宋晚期，敵國屢犯邊境，可能為了重振武風，關公重新列入陪祭隊伍。另外，宋代朝廷大舉將民間祠廟合法化，神明可因「顯靈」而獲加封；關公靈應事蹟不斷，屢獲「加官晉爵」，受封為「王」。

靖康之難後，朝廷南遷，情勢與三國時期的蜀漢相似。以曹魏為正統的歷史觀受到挑戰，改尊蜀漢的呼聲日漸高漲，受到統治者和不少史學家認同。至於民間可能比官方更早有「尊劉抑曹」的傾向，北宋時說書人講三國故事，觀眾每聽到劉備輸了便皺眉痛哭，曹操敗北則高興叫好。從南宋至元，在外族威脅下，「身在曹營心在漢」可能是許多漢人的心聲。關公代表正義一方，人們在強調他勇武之餘，更開始加添「忠義」的內涵。

元朝的宗教政策相對自由，元世祖批准藏僧舉辦「遊皇城」活動，由關公擔當監壇，每年為眾生祈福。關公信仰繼續傳播，各地均出現關公廟的記載。在外族統治下，文人加入戲曲雜劇的創作，企圖藉關公故事宣揚忠義精神，以團結漢民族。再加上《關王事蹟》等專書出現，關公事蹟及其形象更加深入民心。

帝蜀論

南宋之前，建都中原的朝廷通常視魏為正統，偏安的朝廷則有帝蜀的呼聲，帝蜀論自南宋以後才成為官方主流思想。

靖康之難

一一二七年（靖康二年），首都汴京（今河南開封）失守，徽、欽二帝及宗室、宮人等四百餘人被金人俘虜，北宋滅亡。

關公示警

傳說太學博士李若水（真有其人）曾得關公示警將有戰禍，後來果然發生「靖康之難」，李若水隨二宗北上，不屈而死。金人嘆曰：「遼國之亡，死義者十數，南朝惟李侍郎一人。」忠義之士得忠義之神示警，體現民間對此價值的推崇。

道教斬妖

道教亦吸納關公成為神將，「關公鹽池斬妖」乃道教召喚鬼靈、斬妖除魔的起源。成書於元末明初的道教書籍《道法會元》記載如下：

- 北宋崇寧年間（一一○二至一一○六年）有蛟妖（能引發洪水的妖物）在鹽池作孽，皇帝請張天師除妖。
- 天師在途中見關羽像，認為是「忠義之神」，便召喚他提大刀斬蛟首。
- 皇帝命天師召神將給他看，卻被嚇倒，封關羽為「崇寧真君」。
- 天師責怪關公無禮，罰他下酆都（冥府）五百年，作為受道教召役的冥府鬼帥。

史書記載北宋中期，關公家鄉解州的確一度停止產鹽，直至崇寧年間（約一一○二年）才逐漸恢復。雖然官方沒有封關公為「崇寧真君」的記載，但在民間，這個結合歷史、地理和名人的召喚傳說大受歡迎，民間平話（說書）小說、戲曲漸漸將蛟妖改為驍勇善戰的蚩尤，發展出「關雲長大戰蚩尤」一類故事。

關公在《道法會元》中的神像圖

遣呪

天心天心莫負我心雷霆迅速關羽即令酆
都大帝令下排兵急抵患家搜捉邪精者有
違戾黑律匪輕急急如
紫微大帝敕酆都大帝令

崇寧真君

「真君」是道教神明受封的尊號。崇寧真君是關公的道號，河北省留有「崇寧真君廟牌樓」的古建築。

明清封帝

進入明代，除孔子外，太祖朱元璋廢除唐宋以來一切神明的加封，祀奉姜太公的武廟被廢，關公亦從「王」降回「侯」。但另一方面，朝廷又將關公正式加入官方祭祀之列，藉此推廣捨身殉國的「忠義」思想。

在民間，關廟遍地開花。據統計，明代中葉北京有廟宇二百〇六所，其中五十一所是關廟。明代文人謝肇淛感嘆道：「今天下神祠，香火之盛莫過於關壯繆！」加上以《三國演義》為首的小說、戲曲盛行，「桃園結義」、「單刀赴會」等關公傳說更是家喻戶曉。民間對「忠義」的解讀比官方多元豐富，關公信仰廣泛滲透到社會各階層，眾多行業視他為守護神，傳他受封為「帝」，更逐漸傳入關外東北、朝鮮、日本等鄰近地區。

進入清代，官方關公信仰更達到前所未有的頂峰。入關前，滿族人已開始將《三國演義》翻譯成滿文，作為貴族的政治和軍事教科書。又奉關公為「關瑪法」（意指「關老爺」），作為薩滿教的主神之一（另外兩位是釋迦牟尼及觀音）。入關後，朝廷正式封關公為「帝」。

推崇關公，更與外交政策有關。康熙皇帝認為，滿清以蒙古守備北方，比漢人修築長城更為堅固。傳說清人曾參照「桃園結義」與蒙古結盟，自比劉備，視蒙古為關羽。蒙古人信奉的藏傳佛教尊崇關公，追封關公有尊重蒙古的意思。

「忠義」的變化

唐朝編修的〈忠義〉列傳，本包含對君主的忠和對鄉民的義，這觀念在元明之際有所改變。明清官修史書的〈忠義〉列傳裏，為鄉里、平民出頭的「義」舉沒再被記述，全部變成捨身殉國的「忠」貞官員和平民，解釋較前代狹隘。但這時「忠義」一詞已普及民間，《三國演義》和《水滸傳》等小說對忠義的演繹比官方豐富得多。

對內管治方面，清代皇帝將關公塑造成一名比孔子通俗和更有利管治的儒家典範，以關公的事蹟和傳說，宣揚忠君愛國思想，成為與「文聖」孔子並駕齊驅的「武聖」。官方雖無正式設立武廟，但關公實際上被視為國家武神。

回顧唐朝最初建立國家武廟制度，是為了平衡「文治」和「武功」；主祀「運籌帷幄」的姜太公，乃尊崇軍事的專業性。後來以關羽為主神，則重視「忠貞節義」的精神。這或許可透視這一千多年，朝廷對管治這片遼闊土地累積出的經驗和取向。

懸掛在紫禁城坤寧宮內的關公神像畫（局部）

坤寧宮原為皇后正宮，清代改為薩滿祭神場所，並懸掛此畫來供奉。比較特別的是畫中明顯的赤兔馬及弓箭，可能跟清人「馬上得天下」有關。

儒教代言

「誰似將軍文而武，戰袍不脫夜觀書。」

明代．文徵明《題聖像》（節錄）

史載「關羽讀《左傳》」，在明清之際轉為「關公讀《春秋》」的傳說愈來愈盛行。康熙十七年（一六七八年）傳出〈關聖帝君祖墓碑記〉，完整描述關公與《春秋》的淵源：

- 孔子作《春秋》，關公述《春秋》。
- 關公祖父研究儒家經典《易傳》、《春秋》，關公得祖父真傳，加以善用，報國安民。
- 子孫在蜀亡時逃出，世習《春秋》。

官方雖表示不相信，但卻在傳說廣傳後，以敬奉儒家聖賢方式，授關氏後裔世襲「五經博士」職銜，承祀關公林墓，後來又封追關公先祖三代，增祀春秋二祭，將關公信仰納入國家體制。

信徒將關公比照「萬世師表」孔子，敬稱為「關夫子」。

山西關夫子

「夫子」原是士大夫的稱謂，後成了孔子的尊稱，又引申指有學問且德高望重的人。

文衡帝君

連道教也感到「儒家化」的風潮，傳說關公受玉皇大帝之命司掌文衡（負責品評文章），登位文衡帝君，今天一些關帝廟也會名為「文衡殿」。

關公 VS 孔子

若比較兩者的地位，各有千秋：

不及孔子

- 康熙、乾隆兩位皇帝曾親自參與祭孔活動，但沒有親祀關公的記載。
- 下令天下「丘」姓者避孔子諱，寫作「邱」，關公沒得此待遇。
- 平民百姓不准私自修建孔廟，甚至不得擅進。關廟則沒有此規限。

兩者相當

- 官方追封祖先三代，後裔世襲五經博士，將關公當作儒家先賢。
- 關帝廟的祭祀儀式曾提升至與祭孔同級。

更勝孔子

- 官方不但封關公為帝，且不斷加封，孔子的封號則是「至聖先師」，沒有加封。

有禮

清亡不久，我和一眾太妃仍住在後宮，她們每天都燒香求護國神關聖帝君保佑。
溥儀

細看封號

朝廷加封關公與歷史大事的關係，尚有待專家考證。
但若把兩者對照，或有微妙處可供聯想：

紹聖二年（一〇九五年）賜玉泉關羽祠額曰「顯烈」

哲宗執政，雖然黨爭不斷，但國力有所發展，更多次戰勝西夏。

崇寧元年（一一〇二年）封「忠惠公」

一度停產的解州鹽池恢復，傳說與張天師召令關公斬妖有關，而此時正由沉迷道教的宋徽宗執政。

大觀二年（一一〇八年）封「武安王」

宦官童貫奉命開邊，擊破西夏，收復洮州等地。

宣和五年（一一二三年）加號「義勇」，從祀武成王廟。

與金聯軍滅遼。由於軍隊腐敗，原定由宋軍攻佔的燕京（遼國首都）被金兵奪去，幾經討價還價才索回。

宋 壯繆義勇武安英濟王

建炎二年（一一二八年）加號「壯繆」（壯繆意思請看第三十五頁）

前一年金國攻陷汴京，北宋滅亡，朝廷南遷。這次關公受加封或與高宗抗金戰役有關，以「摧毀外敵內奸，救黎民於水火之中」。軍民奮力抵抗，至一一三〇年金兵北撤，最終保住南宋江山。

淳熙十四年（一一八七年）加號「英濟」

關公濟世的靈應事蹟漸多（降雨、治水等事蹟），地方官員上疏朝廷加封。孝宗執政，政治改善，戰事暫緩，度過了一段和平小康的日子。

張飛與諸葛亮的封爵

同屬武廟陪祀的張飛和諸葛亮，跟關公一樣不斷「升職」。張飛在北宋時封至「武烈公」，南宋時封「忠顯王」；諸葛亮初封「順興侯」，最後加封至「仁智忠武王」，與關公不遑多讓。

為什麼再以「壯繆」封我呢？莫非怪我沒有保佑軍隊收復失地，只能偏安半壁江山？

元

顯靈義勇武安英濟王

元文宗

大曆元年（一三二八年）恢復王爵，並改「壯繆」為「顯靈」。

元文宗是元朝唯一加封關公的皇帝。元代中葉，因繼位問題引發多次政變，二十六年間（一三〇七至一三三三年）換了九任皇帝。在這個動盪時代，文宗未正式即位便遭遇政變，即位後又面臨讓位再復位的過程。他加封關公，估計感謝神恩討平叛賊，同時鼓舞士氣，鞏固政權。除了關公，文宗亦加封了一些漢地神明，可能是漢化政策的其中一環。

元代民間還給了關公一個非常長的封號：

齊天護國大將軍、檢校尚書、守管淮南節度使、兼山東河北四門關鎮守招討使、兼提調遍天下諸宮神殺無地分巡案、管中書門下平章政事、開府儀同三司、紫金光祿大夫，駕前都統軍、無佞侯、壯穆義勇武安英濟王、護國崇寧真君

從文職到武職、護國到監察、人間到天上，可見元代民間關公信仰的狀態。

我受封「護國保寧王」

城隍

我升職為「護國庇民廣濟福惠明著天妃」

媽祖

明

明太祖

萬曆皇帝

三界伏魔大帝
神威遠鎮天尊關聖帝君

洪武三年（一三七〇年）降回「漢前將軍壽亭侯」

由宋到明都錯誤解讀關公的封號，將「漢壽（地名）亭侯（爵位）」錯讀成「漢（朝代）壽亭侯（爵位）」，據說直到明代中期才有學者力辯其中謬誤。這種誤讀衍生出有趣的傳說：曹操初表關公為壽亭侯，受到拒絕，直至加上「漢」字，關公才接受此封號，代表對漢室的效忠。

來到明代，二哥的受歡迎程度開始遠遠拋離我了。

張飛

萬曆十三年（一五八五年）傳說封「協天大帝」

據說因治水有功而受封，但官方沒有正式記錄，學者認為民間私自加封的可能性極大。封號充滿道教色彩，或與萬曆皇帝篤信道教有關。

萬曆四十二年（一六一四年）傳說封「關聖帝君」

其時太后去世不久，傳說皇帝極為思念，夢見母親請他加封關公。雖沒官方記載，但在明人筆記中記錄得頗為實在，各地關公廟亦陸續改稱為「關聖帝君廟」或「關帝廟」。

在關公的擁戴者中，乾隆皇帝也許是最瘋狂。他認為關公謚號「壯繆侯」有貶意，於是命官員將《四庫全書》內《三國志》記載關公的原謚篡改為「忠義侯」。

乾隆皇帝

晚年時，他更認為關公的名號已非人間皇帝可以賜封，因此下令刪去所有關帝神位及匾額內的「敕封」二字，以示尊敬。

清初關公已登上最高職級，受封為帝，歷代皇帝還繼續加封，最後封號長達二十六字，比任何一位皇帝還要長。加封時機反映國家興衰轉變，封號也許是官方對護國戰神的期望。

順治九年（一六五二年）封「忠義神武關聖大帝」

清廷敕封關公的開始。清廷尚未統一中國，地方戰事持續。

乾隆三十三年（一七六八年）加封「靈佑」

乾隆中期開始西征南討，版圖擴大，但耗費巨大，國勢漸由盛轉衰。

嘉慶十八年（一八一三年）加封「仁勇」

是年平定天理教叛亂。傳說當時天理教徒入侵紫禁城時看到關帝顯聖，因畏懼而被殲擒。

道光八年（一八二八年）加封「威顯」

平定回部張格爾叛亂。

清

忠義神武靈佑仁勇威顯
護國保民精誠綏靖翊贊
宣德關聖帝君

咸豐皇帝

咸豐二年至七年（一八五二至一八五七年）加封「護國」、「保民」、「精誠」、「綏靖」，改「大帝」為「帝君」。

綏靖，有安定、安撫之意。正值太平天國之亂，皇家可能藉多次加封祈求保佑。

同治九年（一八七〇年）加封「翊贊」

翊贊有輔助之意，較早前平定一些大規模民變，皇帝兩度親往關帝廟拈香拜祭。

光緒五年（一八七九年）加封「宣德」

宣德有宣揚聖德之意。加封可能與清廷在前一年平定新疆動亂有關。

我的廟宇由民間走進國家體制，一如我的人生，都是基層出身，一步步威震華夏！

乾坤正氣

中國國土龐大、人口眾多，關公是極少數同時受不同民族、宗教和階層崇祀的神明。他既是勇猛的守護神，又是斬妖除魔的忠義之士，更加是文質彬彬的儒者，切合各階層的不同需要。他作為大家的「共同語言」，好像一種有力的文化黏合劑，是名副其實屬於所有人的「公關大使」。

第二部 藝術篇

一夫當關

戲曲

活現神人

香港粵劇名伶羅家英演繹關公的造型

以關公為主角的戲曲作品大致始於元，盛於清，幾乎所有關於他的傳說事蹟都被編成劇目，還有專屬的造型、表演方式和禁忌，在三國人物中無出其右，發展出傳統戲曲中自成一類的「關公戲」。

關公戲的流行與其信仰熱潮密不可分，祭祀活動往往伴隨戲曲表演，酬神娛人。相比文學小說，地方戲曲以方言和俚語演繹關公故事，更加深入民心，令關公成為古代曝光率最高的神明之一。

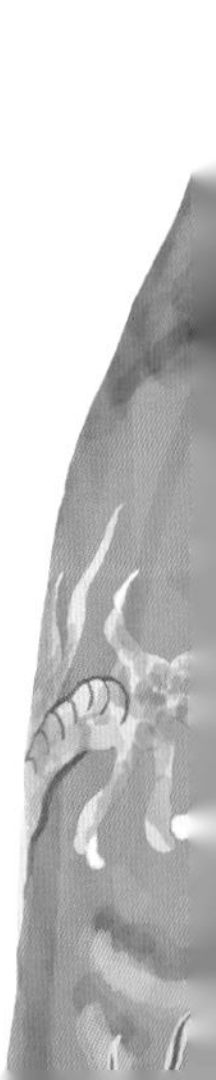

關德興先生的經驗之談

香港粵劇名伶關德興善演關公戲。他回憶曾因事忙而無暇在演出前先沐浴，結果立生意外，唯有認罪不潔方能演完。另一次帶病演出，卻如有神助，圓滿成功。他有感多次轉危為安，遂重刻《關聖帝君聖蹟圖誌》印送大眾，感謝神恩。

張飛

每當朝廷禁演關公戲時，便由我頂替二哥上演同一劇目。

尊崇——禁忌與禁演

民間信仰日盛，關公成為戲班中最尊貴、特殊的角色。出於崇敬心理，台前幕後以至觀眾，唯獨對關公遵守着不成文的禮數與禁忌。

據香港粵劇名伶羅家英先生表示，傳統演出關公前三日，需齋戒沐浴，更換新內衣，用柚子葉掃灑頭盔等服飾及誠心上香告知關公。演出當日從化妝開始便不能說話，不許亂走動、搬東西等，直至卸妝為止。凡所用之物，尤其青龍偃月刀，都不得任意觸碰。

對關公的稱呼也有避諱，飾演的伶人自稱「關某」，他人尊稱「關公」，劇本以「夫子」、「君侯」、「將軍」、「大帝」等代稱。

關公登場如神明下凡，據說慈禧太后都會避席，站一會才回座，以示尊敬。皇家尚且如此，民間尤甚。原本在茶館邊嗑瓜子邊看戲的觀眾，即時跪下一片，甚至如小說《梨園外史》中所描述：「合掌頌那關帝寶誥太上神威的一篇法語」。

將舞台演出視為「關老爺顯靈」，在清廷眼中視為褻瀆和威脅。以「尊崇聖賢」為理由，雍正帝曾頒布政令禁演關公戲，但其兒子乾隆帝是戲迷，命人在宮廷上演，變相開禁。演或禁，其實皆出於對關公的崇敬。關公戲不只是娛樂，更有驅邪擋煞與道德教化的社會功能，因此屢禁不絕。

「羽」改為「羽」？

傳說「羽」字應寫「羽」，乾隆帝下令避關公名諱而減少一劃。三劃代表多，篆書確有此寫法；但兩劃在楷書已流行（如三國時代鍾繇的書法，見本書第三十三頁），所以傳聞不成立。不過清代文書不直呼關公之名，用其他字眼代替，如將「雙羽」改「雙翼」，則確有其事。

其他戲班行業神

伶人還信崇老郎神、華光先師等，但以關公最突出，台上台下同受崇敬。

鬼門道

粵劇稱為「虎度門」，指後台通往舞台的門道（圖中寫着「出將」、「入相」之處），表示伶人所扮是古人，上台如鬼神附身，下台回復演員身分。

其他傳統禁忌

- 演關公者禁止吸煙及鴉片
- 所有演職員需對演關公者優禮有加，非敬其人，而是敬劇中人。
- 開演前需於後台焚香叩拜。備黃裱紙兩張，以硃筆在正面寫「協天大帝」，背面寫金、木、水、火、土五字。一張紮在「靠」（將軍服），藏於胸前；一張藏於「盔頭」內。
- 後台一切掛晾衣物的繩子必須取下，免犯關公走麥城，遭「絆馬索」擒捉被殺之禁忌。

清代茶館戲台

高台教化

傳統戲台一般較高，觀眾需仰視舞台。過去識字率低，忠孝仁義等傳統道德價值，透過富娛樂性的戲曲教育傳播，故稱戲曲有「高台教化」作用。

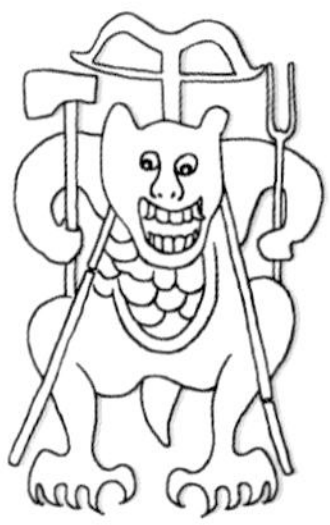

蚩尤

關於此劇的來源和後續，請看第四十五和一六三頁。

專輯——神戲與人戲

以關公為主角的劇目，主要分為「神明」與「人傑」兩類（也有少量作為「鬼雄」，在此不詳述）。「神戲」搬演傳說，宣揚神威功德，再現神蹟；「人戲」則宣揚忠義勇武的精神，高台教化。

中國戲曲本源於古代祭祀樂舞，關公初登台便發揮驅邪作用。比元朝雜劇更為原始的山西「鑼鼓雜戲」中，即有《關公戰蚩尤》一劇，演出往往與祈雨活動配合。後來伶人因戲曲難免出現喪命情節，又以關公戲作壓軸，「掃台」驅鬼。

元朝是戲曲迅速發展的時期，以三國為題材的戲曲劇目中，表現蜀漢英雄人物的佔大比例，「關公戲」也在此時出現。這與當時政治環境不無關係，面對外族高壓統治，不少忠於前朝的文人（被迫）放棄入仕，投入劇本創作，將民間酬神戲曲提升成包含道德教化、寄託風骨氣節的作品。

在《劉關張桃園三結義》中，關公一上場便自我介紹：「平生正直剛強，文武兼濟，喜看《春秋左傳》，觀其亂臣賊子，心生惱怒。」所以立志「除危定亂安天下，報國虔誠輔漢朝。」彷彿略加修改，便可作為團結漢族，起義抗元的口號。某程度上，是宋、元這獨特的時代選擇了關公。

把關公描寫成蓋世英雄，以「元曲四大家」之一的關漢卿（一二二五至一三二〇年）為首。在《關大王獨赴單刀會》（簡稱《單刀會》）一劇中，他將歷史改編，把魯肅罵得關公無言以對的史實，改成關公機智破解魯肅的陰謀。乘船一幕，以滔滔江水襯托出關公的坦蕩，更巧妙借用蘇東坡《念奴嬌——赤壁懷古》中的詞，由關公高唱「大江東去浪千疊……這是二十年流不盡英雄血」，凸顯英雄氣概。

我跟關公是同鄉。除了《單刀會》，拙作《竇娥冤》（成語「六月飛霜」出自此劇）亦為人熟知。

關漢卿

關大王獨赴單刀會

掃描二維碼，欣賞粵劇名伶羅家英分享關公的戲曲造型特色與演出禁忌，以及他演繹《單刀會》中乘船一幕。

明清時期，連皇家也參與編劇，其中以清乾隆皇帝手筆最大。即位之初，便命人按《三國志》等典故，編成以蜀漢集團為軸心，十本二百三十六齣頌聖大戲，謂之《鼎峙春秋》（鼎峙：鼎足對峙之意），專門在內廷上演。關公在其中七十齣戲中出場，比眾人都多，儼如主角！劇情強調他的功業和忠義，有損他完美人格的事蹟如荊州失利、敗走麥城等則悄悄略過。眾人身後結局更說明善惡有報：曹操等奸角被閻王判罰，下世轉為鳥獸蟲魚；忠義之士登入天府，關公最受表揚，獲封「三界伏魔大帝」。

總的來說，關公戲中的英雄傳說大抵與《三國演義》相似，不過亦偶有例外，例如《關公月下釋貂蟬》（或《斬貂蟬》）等即屬戲曲獨有的創作。

其他人在《鼎峙春秋》中的戲份
曹操
我僅有五十齣
劉備
我共出場六十七齣
諸葛亮
臣六十齣

以下是一些關公戲的例子：

《關公月下釋貂蟬》

無名氏作。原初是關公不受美女貂蟬（虛構人物）引誘，將她斬首除害；在後世劇本中，貂蟬形象愈見正面，被關公說之以理，最後出家或自刎。

《關張雙赴西蜀夢》

關漢卿作，是關公以「鬼」登場的少數作品。故事說關羽和張飛殉國後托夢劉備訴說怨忿，請求復仇。

《壽亭侯怒斬關平》

無名氏作。故事說關平誤殺平民，關公知道後大義滅親，將兒子送去刑場。死者父親受感動而撤銷控訴，關平免於一死，喜劇收場。

一九五六年，全彩色古裝電影《關公月下釋貂蟬》上映，由名伶關德興主演，戲曲關公走進電影熒幕。

其他紅生

趙匡胤

宋代的開國皇帝，「黃袍加身」主角。

姜維

諸葛亮徒弟，承繼「復興漢室」的志願。

李靖

傳說的「托塔天王」，曾協助武王伐紂。

專用——裝扮與演出

傳統戲曲中，「紅生」指勾畫紅臉的角色，但由於關公太突出，「紅生」幾乎成為關公一角的專稱。除了紅臉，他的臉譜畫法、衣着行頭都有專名專用，還有其獨特的表演方式，一方面出於對神明的尊重，另一方面凸顯威武、忠義和儒雅的形象。抽象的價值，透過鮮明造型的傳遞而成為經典，至今仍為電視、電影沿用。

關公忠義

曹操奸詐

戲曲演員把人物的性格、命運以至歷史評價直接畫在臉上；臉譜愈簡單，角色愈鮮明。紅臉「忠義」、白臉「奸詐」，正是三國戲劇中關公和曹操的典型形象。除了顏色，臉譜上的細節均有象徵意義。

傳統儺戲面具

赤膽忠肝：紅臉

所謂「赤面秉赤心」，紅色象徵熱血、忠勇、耿直。最初演員僅在臉上揉上胭脂，稱「揉臉」，到現代用上發亮的油彩，使妝容接近《三國演義》中「面如重棗」的描述。個別演員更發明特殊方法，如清代京劇名伶米喜子在登台前會喝一碗黃酒，利用酒氣使臉泛紅光。

紅色也象徵火、太陽，代表能驅走疫病與黑暗的力量。在民間原始迎神活動（驅儺）中，負責扮演逐疫驅鬼的人稱「方相」，會配戴紅或黑色面具。後來關公戲承接逐疫功能，紅臉可能承傳自「方相」的紅色裝扮。

關公臉譜

參考粵劇名伶羅家英飾演的關公繪製。據羅先生自述，他曾拜京劇名伶李萬春為師學習關公戲，此臉譜屬京劇畫法。

俊美儒雅：關公髯

古代相術中，鬍鬚被視為男子意志、性格及體質的外在反映。演出用的假鬍子稱為「髯口」，關公髯由文人角色所用的「三綹髯」發展而來，略長並用人髮編成，黝黑光亮，故稱「大黑三」，既有文人儒雅，亦威風俊美。演員按既定程序舞動長髯（如托、勒、彈、甩等），以表現特定思想和情緒，稱「捻髯功」。

三綹髯

指兩腮及嘴唇至下顎三處生鬚。除了「大黑三」，亦有演員使用更濃密的「五綹髯」來表現關公髯的俊美。

宋代舒成岩石窟玉皇大帝龕天尊像，亦是丹鳳眼。

崑曲「龍戲珠」式破臉
由崑曲名家侯少奎創造，將鼻樑上的下撇與旁邊的痣結合，化成「龍戲珠」的破臉勾法。

聰明貴氣：臥蠶眉、丹鳳眼

俗語有云「鳳眼識寶」，在古代相術中代表聰明機智、拔萃超群，這種面相或許與道教的藝術創作有關。宋代以前道教造像受佛教影響，人物眉眼較平直，入宋以後丹鳳眼（配合美鬚髯）的造型大大增加，展示「仙風道骨」的風采。元明小說中的人物描述及畫像亦多有鳳目，且都是正義人物，如《水滸傳》的宋江便是「眼如丹鳳、眉似卧蠶」。

威嚴莊重：額紋、鼻窩紋、水葫蘆

除了以黑線勾眉眼，還會在腦門上畫兩、三道弧形紋或蝙蝠紋，鼻窩兩側各畫一道紋，兩邊鬢角則勾出「水葫蘆」，使鬢角連接美鬚，臉頰修長，更顯威儀。勾臉按不同劇情也有分別，如演生前事蹟「則鼻上殺運跡在」（撇上一筆）；演神明「則鼻上塗以神蝠」，或將額上黑紋變成金色。

表示尊敬：點痣、破臉

在臉上點痣、畫撇，稱「破臉」，表示演員非真關公，以免褻瀆神靈。各派點痣的數量不一，有的七點，有的兩、三點不等。七痣象徵北斗七星，喻關公為天神。有說七痣其中一顆叫「滴淚痣」，表示關公生前奔波，可惜功敗垂成。此外，黑痣和黑紋還有實際作用，即隨演員臉部肌肉動起來，加強表達內心的情緒變化。

鐏
長刀刀柄末端的配件，一般呈錐形。

刀柄

忠誠重義：綠夫子盔、綠袍 （見第六十頁）

頭盔為美化舞台效果而設計，裝飾性的絨球多達十餘個。戴在兩鬢旁的白帶稱為「忠孝帶」。綠袍為劉備贈送之物，代表重義忠誠。另外關公曾任荊州最高長官（被伶人理解為荊州王），又是神明，所以在相關劇情中，亦有穿代表王者的黃袍演出。

勇猛無匹：青龍偃月刀

正史並無記載關羽所用兵器，直至元曲《關大王獨赴單刀會》才提及「青龍偃月刀」。從歷史角度看，「偃月刀」的記載最早見於宋代《經武要略》，主要用於儀仗或舉重訓練。後來被戲曲借用為關公專屬武器，以表現其莊嚴和勇猛，其他角色人物不得使用，民間專稱為「關刀」。

明代《三才圖會・器用》中寫到：「憔關王偃月刀，刀勢既大，其三十六刀法，兵仗遇之無屈屈者，刀類中以此為第一。」說明關刀亦有用於實戰。

睚眦

龍生了九子，睚眦排第二，生性好鬥，武器常以之為裝飾。

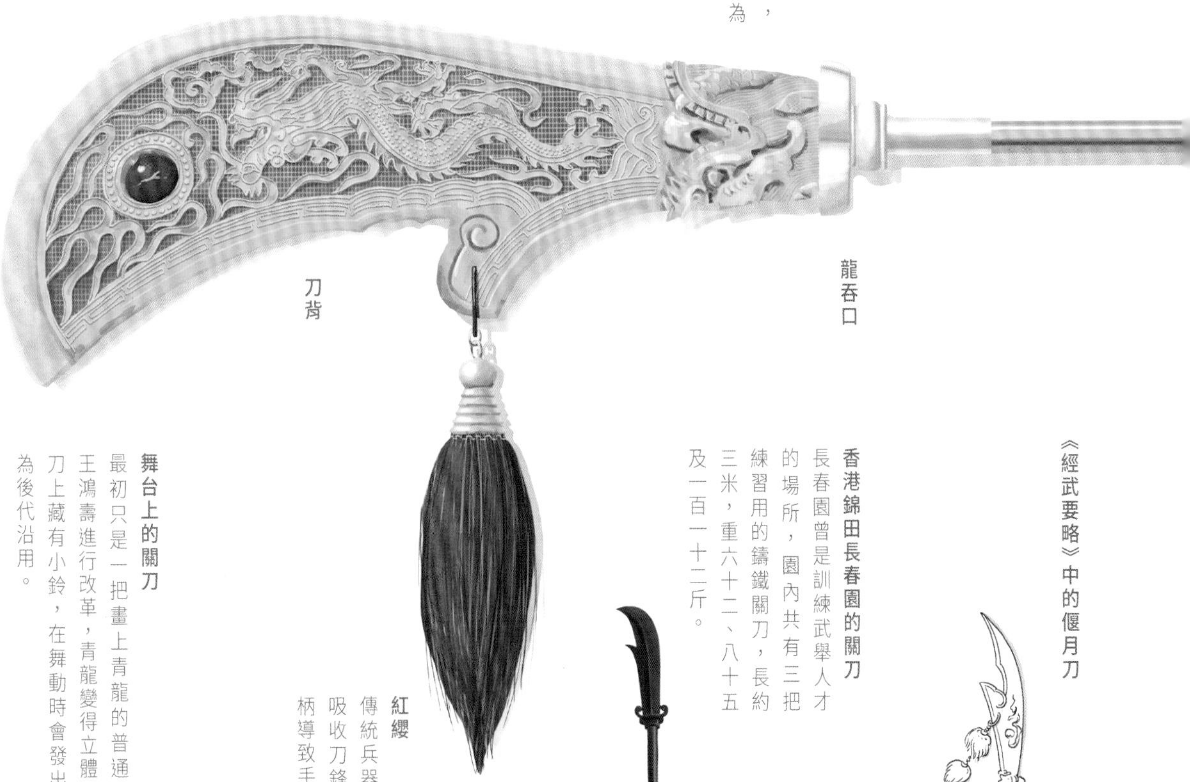

紅纓

傳統兵器將紅纓掛在龍吞口，用來吸收刀鋒往下流的血，以免流至刀柄導致手滑。這裏只用作裝飾。

《經武要略》中的偃月刀

香港錦田長春園的關刀

長春園曾是訓練武舉人才的場所，園內共有三把練習用的鑄鐵關刀，長約三米，重六十二、八十五及一百一十二斤。

舞台上的關刀

最初只是一把畫上青龍的普通大刀。清末民初京劇演員王鴻壽進行改革，青龍變得立體，龍頭鑲有可轉動的紅珠。刀上藏有小鈴，在舞動時會發出響聲，烘托氣氛。此樣式為後代沿用。

女關公

靚華亨是粵劇少數擅演關公的女文武生，曾於一九五五年在香港的高陞戲院及利舞臺演出《關公守華容道》。

文武兼備

關公的形象文武兼備，武戲要「穩」、「狠」、「準」，不能輕浮搖擺或有絲毫怠慢，即使不動，氣場仍在；文戲則顯露儒雅氣質，極力在動作說話之中表現關羽的特殊性。如此唯有經驗豐富的演員才敢演出「關公」。據台灣京劇名伶唐文華和香港粵劇名伶羅家英自述，他們首次挑戰「關公」一角時已是五十多歲。

刻意收斂

關公乃神明，演出上會刻意收斂。如關公「只許橫刀反刃一抬」便算殺死敵人，因他並非普通武將，用不着刀來劍往，便無往而不勝。又如雙眼要一直保持半瞇，不得隨意亂望，出台時更要擋臉，因為關公只要一睜眼便要殺人。在伶人看來，這些節制不但營造出穩重與威嚴的形象，更有助保持神明的尊嚴。

配角襯托

傳說關公的坐騎赤兔馬性烈。舞台上不用真馬，由馬童透過翻跟斗等高難度動作表現，以襯托主角的威武。據說馬童一角由「紅生鼻祖」王鴻壽設計。

台灣國光劇團《關公在劇場》中的關公與馬童

時至今日，以寫實手法拍攝的影視作品已不見白臉曹操，但關公的紅臉仍然保留，甚至被大眾視為史實，可見關公戲的影響深遠。現代創作人更利用關公造型作為象徵中國傳統文化的視覺符號，探討其與現代價值觀的種種衝突。

一九七六年台灣電影《戰神》香港上映時片名改為《大災難》，故事圍繞關公神像雕刻家及其科學家兒子之間的衝突。某日外星人入侵地球，登陸香港，戲中半島酒店、皇后像廣場慘變廢墟。最後神像顯靈，變身巨型關公「超人」，將外星人打得節節敗退。

二〇〇〇年香港電影《江湖告急》
故事以樹敵無數的黑幫一哥遭刺殺而展開，當中有一幕關二哥顯靈解救黑幫一哥，卻發現那些敬拜他的人漠視「忠義」二字，失望而去。

二〇〇六年內地電影《千里走單騎》
講述一名日本人到中國拍攝傳統關公戲的故事，戲中探討在孤獨和隔膜的現代社會裏，各人流露出不同面向的關公精神。

演義

忠義仁勇

關公「無處不在」，在中國傳統「四大名著」裏皆見踪影。不過以關公為主要角色的小說，則首推明代的《三國演義》，書中將關公的形象完整而細緻地確立起來。

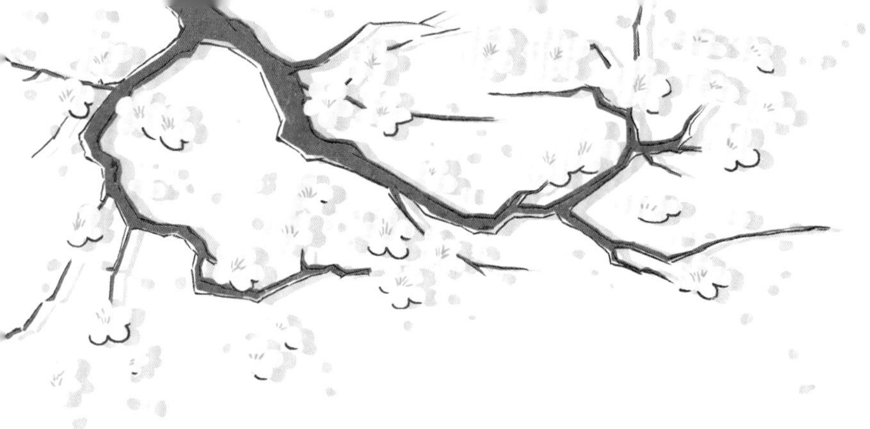

《西遊記》中關公是四大元帥之一，我上南天門時常見到他。

孫悟空

我是《水滸傳》中關公的嫡系子孫，會使青龍刀，騎赤兔馬！

關勝

雖然《紅樓夢》裏沒描寫關廟遍天下，但有一年上京路上，我都見了三四處關夫子的墳，相信是崇敬他的人穿鑿附會。

李紈

《平話》中的關公插圖

《三國演義》之前

早在宋代已有專門「講古」的藝人說《三分》（三國故事）。他們的講稿叫「話本」，現存最早的三國故事話本要數元代的《三國志平話》（全名為《至治新刊全相平話三國志》，下稱《平話》）。「平話」，有「評」（評論）有「話」（故事）；「新刊」二字，說明更早之前已有。

當時《平話》中較受歡迎的角色，是率性爽直的張飛和足智多謀的諸葛亮，關公不在重心。但此書首次將關公一生事蹟，根據史書與傳說完整鋪陳，為後來的《三國演義》提供結實的基礎和靈感。特別是《平話》內文和插圖已尊稱關羽為「關公」和「關王」，其他人物鮮有此待遇。

「演義」解釋

「演」有「衍」（延伸展開）的意思，演義即把道理轉化為深入淺出的文字，使讀者容易接受。《三國演義》開創了這類型演義小說的先河。

亂世人著亂世書

赤臉長鬚、配青龍刀、騎赤兔馬……

桃園三結義、千里走單騎、過五關斬六將……

一般認為《三國演義》（全名《三國志通俗演義》，下稱《演義》）的作者是羅貫中。他身處的元末亂世，跟三國時代群雄割據的情況相似。他參考了《平話》和坊間傳說，刪減當中荒誕不經之處，再配合正史寫成此書，寄託「正統必當扶，竊位必當誅，忠孝節義必當師，奸貪諛佞必當去」的思想。自此《演義》成為人們認識關公生平故事的主要渠道，後再經清代學者毛綸和毛宗崗父子的評改，使故事更順暢和貼近史實，成為今天坊間通行的版本。

學者常稱《演義》為「七分實事，三分虛構」，下面將《演義》中的關公事蹟按時間排列，比對史傳記載，再從「忠義」和「仁勇」兩大方向，看關公如何被刻畫成美德化身！

三國志通俗演義

此篇主要圖像取材自明萬曆年間刊印的《三國志通俗演義》插圖

關公在《演義》中的真實與虛構

事件次序由上至下，由右至左排列。

章回	基於史實（關公做過此事）	參考史實（關公做過類似的事）	虛構創作（曾發生但非關公所做，或子虛烏有。）
一	史實部分可參考〈關羽·史傳解密〉	【逃難涿郡】仗義殺了一名當地仗勢凌人的土豪，逃難江湖。 【桃園結義】關公與劉備、張飛結拜為兄弟，誓同生死，報國安民。	【赤面長鬚】身長九尺，髯長二尺；面如重棗，唇若塗脂；丹鳳眼，臥蠶眉。 【得青龍刀】關公得「青龍偃月刀」，重八十二斤，又名「冷艷鋸」。
五			【迅斬華雄】在反董卓聯盟中，自告奮勇，迅速斬殺敵將華雄，嶄露頭角。 【同擊呂布】與張飛、劉備「三英戰呂布」，迫得呂布力窮退走。
二十		【許田憤奸】見曹操侮辱天子，欲殺曹操，被劉備勸止。	
二十一、二十二			【誅冑擒忠】用計謀擊敗敵將車冑和王忠，助劉備奪回徐州。

二十五

二十六

二十七

二十八

【勇斬顏良】
衝入袁紹軍中斬殺敵方大將顏良，幫曹操解重圍。

【漢壽亭侯】
因斬顏良獲封侯爵

【掛印封金】
得知劉備消息，留下所有封賞，離開曹營尋兄去。

【三罪三約】
被曹操擊敗，兄弟失散。關公要曹操答應三個條件才肯投降。

【封美髯公】
被皇帝激賞美髯，人稱「美髯公」。

稱讚關羽美髯的人是我
而不是皇帝！

【古城聚義】
與張飛會合，在他面前斬曹操將領蔡陽以表明心跡，兄弟三人重聚。

【秉燭達旦】
途中被安排與劉備妻子同室，為保嫂嫂名聲，在門外徹夜不眠守護。

【穿綠戰袍】
常穿劉備賜的綠袍，見衣如見兄，曹操贈送的新袍亦穿在舊袍之下。

【獲赤兔馬】
拜謝曹操賜馬，稱日後知悉劉備消息可儘快重聚，令曹操十分後悔。

呂布
赤兔是我而非關羽的坐騎！

【誅戮文醜】
擊敗前來為顏良報仇的大將文醜

【獨行千里】
尋兄過程遭遇阻撓，過五關斬六將。

【收倉得平】
收服部下周倉和義子關平

四十二

【沔水救敗】
曹操伐荊州，劉備逃亡，關公援兵。

五十

【華容釋曹】
在華容道攔截赤壁之戰敗走的曹操，因昔日情義而釋放對方。

五十三

【義釋黃忠】
與黃忠大戰時不乘人之危，對方心生感激，最後投靠劉備。

六十三

【專督荊州】
受命鎮守兵家必爭之地——荊州。

六十六

【單刀赴會】
關公談笑自若，軟硬兼施，順利離開十面埋伏的飲宴。

魯肅

是我把關羽罵得無言以對！

七十三

【辱使拒婚】
關公拒絕孫權聯婚請求，辱罵來使，驅使東吳聯曹抗劉，奪取荊州。

【五虎之首】
劉備封關公、張飛、趙雲、馬超、黃忠為五虎大將，關公位列首席。

七十四

【水淹七軍】
看準連綿大雨之機，使漢水決堤，水淹敵方七軍，威震華夏。

于禁

我軍被水淹是天意而非人為！

七十五

七十六

七十七

七十八

八十一

八十三

八十五

【夜走麥城】遭孫權和曹操軍隊設計夾擊，敗走麥城，跟關平一同殉難。

我在關羽死後不久過身只是巧合！

【刮骨療毒】被毒箭所傷，得神醫華佗用刀刮骨療傷，依舊談笑自若。

那名醫不是我！

【呂蒙之死】被關公附身，七竅流血而亡。

【曹操之死】孫權將關公首級送給曹操，曹操見到後驚倒，不久死去。

【張飛之死】得知二哥死後，終日借酒消愁打罵部下，東征前被部下暗殺。

【劉備之死】為關公報仇，傾國之力伐吳，卻被打敗，最後身心交瘁而亡。

【部下殉主】赤兔馬絕食而死，周倉自刎身亡。

【當陽顯聖】身後顯靈，皈依佛門，在玉泉山一帶顯聖護民。

【為父報仇】關興在父親顯靈下為父報仇，斬殺敵將，奪回青龍偃月刀。

忠義

《演義》深刻描述關公與友、敵、家國的關係，將「義」的多種意義及當中的矛盾關係，透過精彩劇情呈現。

桃園三結義

《演義》中關公的登場充滿俠氣，因「殺了一名倚勢凌人的土豪」而逃亡，與劉備、張飛一見如故，結拜為兄弟，預備烏牛、白馬，焚香起誓：

「念劉備、關羽、張飛，雖然異姓，既結為兄弟，則同心協力，救困扶危；上報國家，下安黎庶；不求同年同月同日生，只願同年同月同日死。皇天后土，實鑑此心。背義忘恩，天人共戮！」

「桃園結義」脫胎自史傳三人「恩若兄弟」的記載，強調同生共死的情義。《演義》在此基礎上，加入「上報國家，下安黎庶」這種忠於國家的理念，將義和忠連結起來，成為中國最經典的結義故事。關公集「俠義」、「情義」和「忠義」於一身，一登場便義薄雲天！

原先人們結拜是對皇天和后土發誓，後來也加入了關公。

【演義解讀】

大「丈」夫

《演義》中對主要角色的形貌皆有清楚描述。所謂「人長八尺，故曰丈夫」，關公名副其實是一名頂天立地的大「丈」夫。

關公的形貌與武器可能源於戲曲，《演義》則將這些設定確立起來。

【演義解讀】「桃園結義」與「結安答」

劉、關、張是否真的結義，史書並無記載，不過有關結拜的記錄的確始於漢末（如馬騰和韓遂）。唐代甚至出現「金蘭簿」，以金之堅、蘭之香喻友情深厚，作為結拜的證明。

元朝蒙古入主中原，傳入「結安答」（指結盟或結義兄弟）文化，使中原漢族在着重倫理輩分之外，日益重視異姓兄弟的關係。《平話》和《演義》的結義故事正是在這種氣氛下寫成。

白馬

以我們為祭品本來是蒙古人的做法

劉關張獅

傳統中國節慶常舞獅助興，香港常見獅頭（南獅）以顏色區分：黃色劉備獅、紅色關公獅、黑色張飛獅。獅劇中又有如「劉關張桃園結義」等《三國演義》劇目。

關公獅
紅黑面，忠肝義膽。

身在曹營心在漢

成為降將本來是人生污點，《演義》在「羈留曹營」一節極力為關公開脫。

曹操派張遼勸降，力數不降的三宗罪：

不義：未知兄弟下落便輕生，背桃園之誓；

不仁：劉備兩位夫人無依無靠，負君依託；

不忠：未報效國家便魯莽尋死，是匹夫之勇。

關公聽罷，表示需與曹操立約三條方降：

（一）降漢不降曹；

（二）劉備兩位夫人由劉備俸祿贍養，不受曹操恩惠；

（三）一旦知劉備去向，便當辭去：三者缺一，斷不肯降。

關公為曹操立功後又得知劉備消息，於是便如史書記載般留下封賞，離開曹營尋兄去。《演義》再加入關公單人匹馬護送嫂嫂，過五關、斬六將，闖出一條受後世傳頌的「信義之路」。如今仍用「過關斬將」來形容克服一連串困難，達成目標。

雲長天下義士，恨吾福薄，不得相留。錦袍一領，略表寸心。

獨行千里
曹操
蒙丞相賜袍，異日更得相會。

馬耳小而銳、狀如削竹。
馬眼如垂鈴
齒欲得深而密⋯齊而白
鼻頭欲得有工、火字。

漢代兵馬俑
陝西省咸陽市楊家灣長陵陪葬墓出土

【三國通識】

黃金人馬組合

《演義》中赤兔馬是曹操的贈禮，隨關公出戰，成為中國最著名的人馬組合之一。《演義》如此形容赤兔馬：「渾身上下，火炭般赤，無半根雜毛；從頭至尾，長一丈；從蹄至項，高八尺；嘶喊咆哮，有騰空入海之狀。」一說「兔」指馬頭「面如剝兔」，是古代相馬術中好馬的標準。

不過據正史，這匹良駒其實屬於另一位三國人物呂布，早於三國時已有「人中有呂布，馬中有赤兔」的說法。

徐晃揮大斧直取關公，公大怒，亦揮刀迎之，戰八十餘合。
《演義》（第七十六回）

晉代青瓷馬

湖南長沙金盆嶺晉代永寧二年（三〇二年）九號墓出土這是目前考古發現年代最早的一批馬鐙造像，馬上只有一個配於左側的三角環，而且繫得很高。專家推測這是為方便上馬而裝配，還未發展為成熟的馬鐙。

銅鎏金木芯馬鐙（遼寧省博物館藏）

遼寧北票市馮素弗墓出土，屬五胡十六國時期（三〇四至四一五年）的文物，可看到後世馬鐙的雛型。

【三國通識】

過關斬將必備——馬鐙

要過五關斬六將，在馬上單挑格鬥，除了馬鞍，還需要馬鐙！

馬鐙除了幫助上下馬，更重要的是：

（一）雙腿可夾住馬肚，更易平衡身體；

（二）解放騎兵雙手，增強戰鬥力。

在關公的時代，未見有雙馬鐙的記載或出土（供上馬用的單馬鐙不算），所以不太可能使用青龍刀這類需要雙手操作的重型武器。目前已知東晉時期中原地區已有使用馬鐙，但至公元五世紀，馬鐙才逐漸普及。

馬鐙對歐洲亦影響深遠，據說匈奴人以此入侵歐洲，引起日爾曼人大遷徙，馬鐙的傳播亦催生了歐洲封建社會的騎士階層。

義釋曹操
將軍深明《春秋》，豈不知庾公之斯追子濯孺子之事乎？
曹操

忠義兩難全？

關公在華容道上報答曹操恩情，早在《演義》前便有流傳。羅貫中豐富故事內涵，層層寫出釋曹的心理變化：曹操以昔日之情勸說關公，再以《春秋左傳》一則念舊情的故事打動其心，關公想到當日辭曹尋兄，曹操並沒有追究，自己反而殺了對方幾員將領，如今曹軍殘餘無幾，個個哭拜求饒，心中越發不忍，最後勒馬回去，釋放曹軍。

作為一部通俗小說，《演義》講述諸葛亮夜觀星象，料知曹操死期未到，才安排關公把守華容道，給他創造還人情的機會。但釋曹一事將國家君臣的「忠義」和人際之間的「情義」放在對立面，惹人爭議。有人認為關公不顧大局，行為自私；又有人認為關公自願承擔責任，是義氣所為等等。討論之認真猶如真有其事，可見「華容釋曹」極具故事張力。

華容道遊戲（Klotski）
一種通過平行或垂直滑動方塊，讓最大方塊移到底部出口的智力遊戲。一般認為由英國人 John Fleming 在一九三二年發明。「華容道」是中國化的設計，最大方塊便是「曹操」。

子濯孺子（太師父）
今日我疾作，
不可以執弓。

【演義解讀】

曹操用哪一本書說服關公？

史傳記載關公好讀《春秋左傳》，《演義》卻沒有明確描寫關公讀《春秋左傳》的情節。至釋曹一節，曹操對關公說：「將軍深明《春秋》，豈不知庾公之斯追子濯孺子之事乎？」當中「庾公之斯追子濯孺子之事」，其實出自另一部儒家經典《孟子》，至於《春秋左傳》中亦有一個類似的故事。

《孟子》的說法

庾公之斯是子濯孺子的徒孫。

庾公奉命追殺子濯，追到時發現子濯病了，不能堂堂正正決戰，加上間接有授業之恩，決定不乘人之危，將箭頭去掉，發了四箭便離開。孟子對此事表示讚賞。

庾公之斯（徒孫）

我不忍以夫子之道反害夫子。雖然，今日之事，君事也，我不敢廢。

《春秋左傳》的記載

尹公佗向庾公差學射箭，後者向公孫丁學射箭，故此尹公佗是公孫丁的徒孫。

公孫丁護送衛獻公出逃，尹公佗和庾公差追殺上去，庾公差說：「射是背棄老師；不射將被誅戮，射還是合於禮的吧！」於是射中車子兩邊便回去。但尹公佗卻說：「公孫丁是你老師，但我和他的關係就遠了。」於是折返，卻被公孫丁射穿臂膀。

兩個故事大致表達「不殺有恩之人」的訊息，如此一來，「義釋曹操」可說是有典有則，合乎儒家思想。

孔子

至於《春秋》，此事只留有七字記載：「己未，衛侯出奔齊。」

翻譯：夏季七月至八月初，衛獻公（因國內發生政變）奔往齊國避難。

仁勇

根據關公好讀《左傳》，《演義》將關公寫成智勇兼備、知書識禮、有所為有所不為的「儒將」，能用武力保護人民且以德服人，符合大眾期望。

智勇兼備

關公的武藝在《演義》中比史傳更出神入化。「迅斬華雄」一幕他初露鋒芒：曹操打算為關公溫酒壯膽，但他說：「酒先斟下，我很快便回。」之後便飛身上馬斬華雄歸來，酒仍溫暖，令人印象深刻。

與其他猛將（如張飛）相比，關公更加智勇兼備。在「水淹七軍」一章，他看準地形和天氣，堰住水口淹沒敵軍，顯得料事如神。還有「單刀赴會」的膽識和「刮骨療毒」的耐力，亦盡顯他勇武一面。

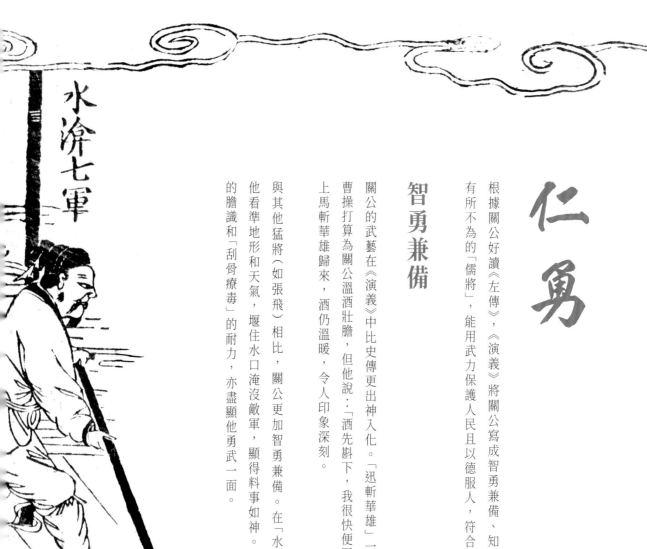

關

以德服人

有時不需刀刃相見，也能使對方嘆服。如降曹後，被設計與劉備妻子同室，欲亂其君臣之禮。關公為保嫂嫂名聲，在門外徹夜不眠守護。曹操見此對他愈加敬服。還有「義釋黃忠」一章，寫黃忠與關公單挑時戰馬失蹄，關公不乘人之危，叫對方換馬再戰。黃忠心生感激，最後投靠劉備。

關公的忠義德行，不但使刺客敬其為人而放棄謀害，更吸引部下周倉和義子關平追隨左右。這些劇情配合關公善待士卒的史實，更加合情合理。

關平
正史中為關公親兒，《演義》中則改為義子，隨父南征北討。

周倉
虛構的小說人物，曾落草為寇，後成為關公的忠實侍從。

【演義解讀】

何時開始出現「儒將」觀念？

「儒將」一詞最早見於唐代，意思是文化素養較高的武將，到宋代則泛指領兵權的文臣。不過其實早在三國時代，已有記載文武兼備的將領，如曹操部下李典被形容為「儒雅」，稍後的名將羊祜亦被讚譽為「恂恂若儒者」。

受小說、戲曲影響，「儒將」概念落入民間，變成了文質彬彬、保護人民的英雄將領。不過在《演義》出版的明代，確有一些真正意義上的儒將，如文官出身卻能統軍征戰的思想家王陽明；武人出身，肅清倭亂，卻又能著書立說的將軍戚繼光等。

夜走麥城

吾乃解良一武夫，蒙吾主以手足相待，安肯背義投敵國乎？城若破，有死而已。玉石碎而不可改其白，竹可焚而不可改其節。身雖殞，名可垂於竹帛也！

悲壯英雄

《演義》較少掩飾關公的缺點，或許「剛猛自信」與「剛愎驕矜」是一體兩面，同時描寫才能立體呈現關公的性格。最後樊城之戰正好展現這種張力，成就關公「悲壯而威武」的一生。

忠

本指臣下對君主不貳的操守，引申為盡心誠意待人處事的美德。

評改《演義》的清代學者毛宗崗讚嘆關公說：「青史對青燈，極其儒雅；赤心如赤面，極其英靈。秉燭達旦，傳其大節；單刀赴會，世服其威。獨行千里，報主之志堅，義釋華容，酬恩之誼重。」《演義》透過關公一生，將忠、義、仁、勇四大美德有血有肉地展現出來。

中國文化的「忠」，不只是對君主的服從。儒家以「盡己」（盡力做好自己）來解釋「忠」，甚至有「常常批判君主的可稱為忠臣」的說法（恆稱其君之惡者，可謂忠臣矣）。《演義》中關公的「忠義」精神相當豐富和複雜，既有對劉備由兄弟進而君臣的忠義，又有報答曹操恩情之義，甚至有將領間的朋友之義等等。時至

義

本指威儀，引申為正確、合符道德的事情。

仁

善良的德行，發自內心關愛他者。

今日，「忠」可引申為緊守職責，甚至是對最高理想的追求和堅持；「義」則是對身邊的人信守承諾。「忠義」像一把十字坐標，交疊出做人處世的理想態度。

「仁」既可以解為「愛人」，是眾德（智、勇、信……）之一，又可解作「統貫眾德之德」。「勇」在「仁」的照察下，提升為見義勇為，殺生成仁的「勇毅」精神。求仁者在道德實踐過程中，又會要求達到「知」和「勇」，以免落入愚蠢與懦弱。關公在《演義》中的武藝未必第一，唯配合他的不忍之情，加上知書識禮、以德服人的一面，令他成為中華「武聖」。

勇

本義是力氣，亦表示有膽量、願意承擔責任。

造型 古今中外

關公是形象最鮮明的神明之一。在「赤臉、長髯、青龍刀」的框架下，關公形象因應不同時代、地區、文化作出變化。後世創意無限，關公本人也未必認得自己。

周文王畫像，一臉祥和。

秦始皇畫像，性格激越，從其賁張的鬍子呈現出來。

傳統人物畫

人物畫在中國很早便出現，傳說黃帝曾天天看蚩尤的畫像，藉此警惕平亂的困難。東漢宣帝也曾為烈士作畫，鼓勵勇士拚死報國。

中國傳統人物畫帶有「惡以誡世，善以示後」的教化功能，「相由心生」不單是相學術語，還是繪畫法則。北宋《圖畫見聞志》記載畫家郝澄「學通相術，精於傳寫」，元代《寫像秘訣》開篇即說「凡寫像，須通曉相法」，強調傳神，需表達對象的內在本質——仁君有仁君之相，暴君有暴君之容，含糊不得。由此看來，傳統人物畫與戲曲臉譜有異曲同工之處。

儘管現存關公畫像非依照本人繪畫，卻是大家心中「真實」的關公形象。似與不似，由畫家想傳達的訊息決定。

早期形象

據《三國志》載，魏帝曹丕命人畫于禁向關羽投降的情境，使于禁羞憤而死。這是最早關於關公畫像的文獻記載，但沒有具體描述畫中人相貌如何。在明代以前，關公形象彷彿未有定式。

演變想像圖

「羽美鬚髯」（晉代）《三國志》

胡人鬚？

「生得神眉鳳目虬髯，面如紫玉」（卷上）「虬髯過腹」（卷中）《元至治本全相平話三國志》

高鼻？

「生的高聳聳俊鶯鼻，長挽挽臥蠶眉，紅馥馥雙臉胭脂般赤，黑真真三柳美髯垂」《諸葛亮博望燒屯》《元刊古今雜劇三十種》

「髯長一尺八，面如挣棗紅。」「他上陣處赤力力三綹美髯飄」（元代）《關大王獨赴單刀會》

宋朝泥製紅陶關公塑像
（荊州博物館藏）

宋代泥塑

荊州市宋代城隍廟遺址出土了一陶塑，高約八厘米（以上圖像為實物大小），圓臉、鳳眼、高鼻，長鬚髯（但唇上沒有鬍鬚）、戴頭巾，專家按此推斷這是現存最古老的關公塑像。較特別的是長袍上有仙鶴纏枝紋飾，是典型宋代服飾。

由於在城隍廟遺址出土，有人認為關公是當時的荊州城隍神；又由於尺寸小巧，可能是給善男信女請回家供奉。南宋陳淵在《默堂先生文集》中記載：「……荊人所以事關羽者，家置一祠，雖父子兄弟室中之語，度非羽之所欲，則必相戒以勿言，唯恐關羽之知之也。」

金代印刷

三國以後斷續有關羽畫像的記載，如五代宋初，後蜀畫家趙忠義曾畫《關將軍起玉泉寺圖》（《益州名畫錄》）。不過現存最早的關公畫像，是一幅用於祭神的印刷品，自唐宋發明雕版印刷後流行。這幅印刷品可能經商道流入西夏。

山西平陽府徐家印
平陽府曾是印刷重鎮，於一二二三年被蒙古軍攻陷，遭屠城焚毀，故推斷此畫在一一二三至一二二三年之間（時為北宋末至金朝年間）製作。

金朝義勇武安王畫像（西夏國水城遺址（今甘肅）出土，俄羅斯聖彼得堡市艾爾米塔什博物館藏）

義勇武安王□
損毀處懷疑是「位」字，宋宣和五年（一一二三年）封給關公的神號。

主侍從
估計是關平。手形類似佛像手印，裝束亦似佛教天王，相貌有胡人特徵。

其他侍從
偃月刀上已有龍紋，關公配青龍刀的傳說可能已流行，但提刀者不像周倉，反映「周倉配關平」仍未成定式。

遊戲坐
右腿捲曲而左腿下垂，是宋元時期莊重的坐像畫定式。

交椅
漢代以後才傳入中原，整體形象結合時代的元素創作。

元朝木像

這尊關公像由室町幕府的初代將軍足利尊氏（一三〇五至一三五八年）託人在中國（元朝）製造，本應貼有金箔，沒有鳳目，臉型和留鬍跟元代皇帝忽必烈類近。據說兩旁護法是關平和關興，一人拿宗教法器，一人器物已遺失，但應為長柄器物，不過尚無青龍刀和帥印，反映關公的從祀尚無定式。

元太祖忽必烈汗的畫像

元朝泥製紅陶關公塑像
（日本京都大興寺藏）

《平話》中的關公像

印刷技術使插圖本小說大為流行。在元代重新刊印的《全相平話三國志》中，插圖細小，人物需貼上標籤加以識別。唯有關公長鬚，手握關刀的形象極為突出，名副其實見刀（或鬚）如見人。值得留意的是，文字描述關公「虬髯」（蜷曲的鬚髯），但圖中關公卻為長鬚。插圖或後於文字補上，而補上時「長鬚關公」看來已成刻工的共識。

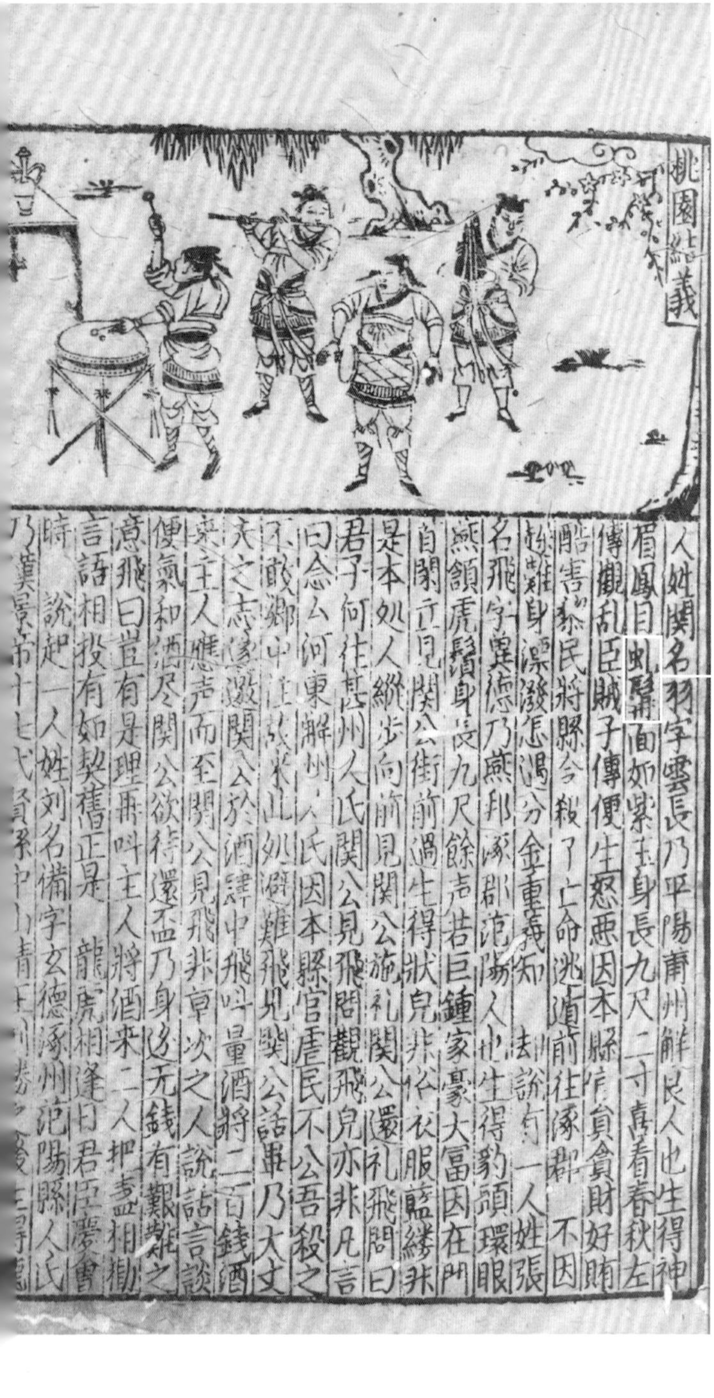

《全相平話三國志》（日本國立公文書館藏）

長鬚

關刀

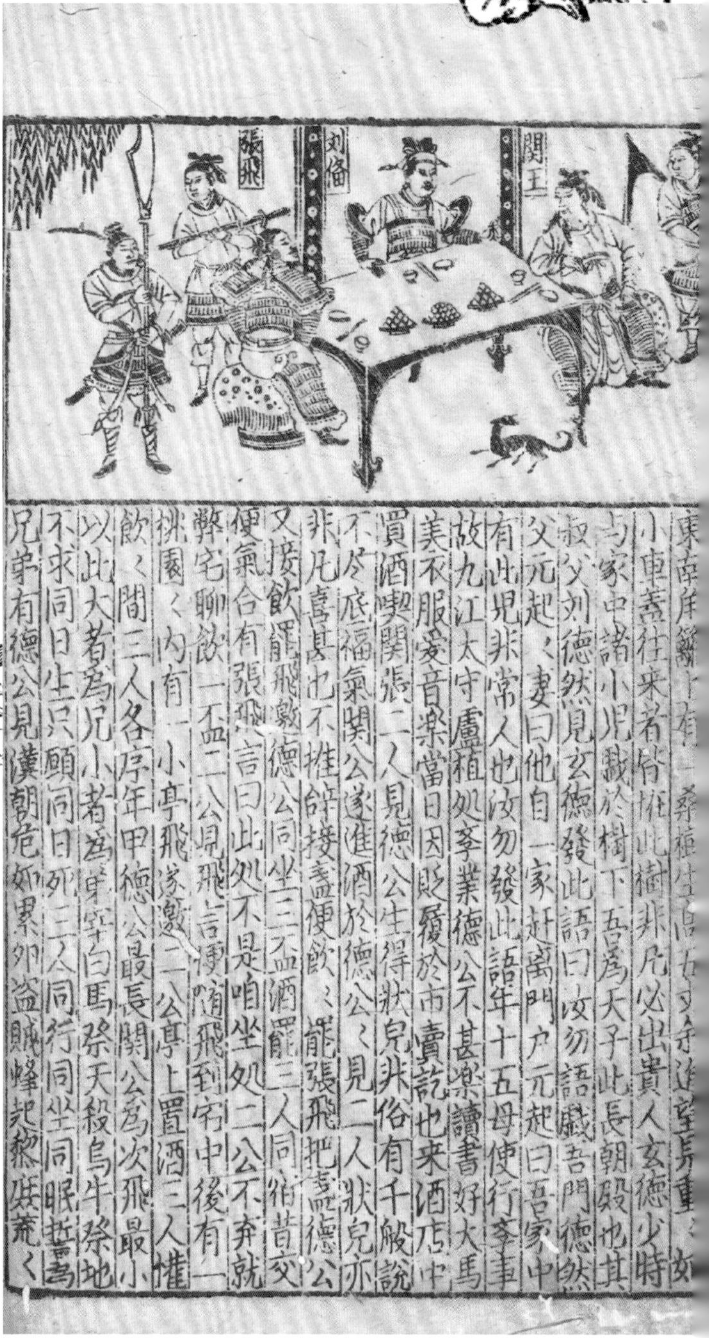

東南角籬上有一桑樹生高五丈遙望重重如
小車蓋往來者皆怪此樹非凡必出貴人玄德少時
與家中諸小兒戲於樹下吾為天子此長朝殿也其
叔父劉德然見玄德發此語曰汝勿語滅吾門德然
父元起〻妻曰他自一家赶离門户元起曰吾家中
有此兒非常人也汝勿發此語年十五母使行学事
故九江太守盧植処学業德公不甚樂讀書好犬馬
美衣服愛音樂當日因貶履於市賣訖也來酒店中
買酒喫關張二人見德公生得状貌非俗有千般說
不尽底福氣關公遂進酒於德公〻〻見二人状貌亦
非凡喜甚也不推辞接盞便飲〻〻罷張飛把盞德公
又接飲罷飛邀德公同坐三盃酒罷三人同宿昔交
便氣合有張飛言曰此処不是咱坐処二公不弃就
弊宅聊飲一盃二公見飛言便隨飛到宅中後有一
桃園〻內有一小亭飛遂邀二公亭上置酒三人權
飲〻間三人各序年甲德公最長關公為次飛最小
以此大者為兄小者為弟宰白馬祭天殺烏牛祭地
不求同日生只願同日死三人同行同坐同眠誓為
兄弟有德公見漢朝危如累卵盜賊蜂起黎庶荒〻

文中稱劉備為「德公」、關羽為「關公」。《演義》則沒有再稱劉備為德公。

上圖下文的平話系列

現存宋元話本小說有《武王伐紂書》、《樂毅圖齊七國春秋後集》、《秦並六國平話》、《續前漢書平話》和《三國志平話》五種，但估計當時遠不止此數。版式上圖下文，附小標題，於建陽（別稱「建安」）刻印。

《商喜關羽擒將圖軸》
明代宣德年間商喜繪製
（故宮博物院藏）

經典造型

經過一千多年長跑，關公造型終於達成共識，以威嚴、儒雅或尊貴的形象示人。

威嚴相

右圖描繪「水淹七軍」戰役中關羽擒獲敵將龐德的一幕。畫中關公含蓄威嚴，有帝王氣度；加上尺幅巨大（高一百九十八厘米，闊二百三十六厘米），構圖宏偉壯觀，估計帶有規諫功能。明宣宗即位之初，其叔朱高煦叛亂遭擒。宣宗下令繪製此畫，或有意自比關公，居高臨下，警示藩王貴族勿圖叛亂。

此畫出現在《三國演義》流行之前，但關公與侍從的造型已與演義描寫無大差異，可見時人對關公團隊已頗有共識。

明宣宗朱瞻基

（一三九八至一四三五年）

與其父明仁宗統治期間國力穩步發展，史稱「仁宣之治」。擅長繪畫，曾繪《武侯高臥圖》，又命宮廷畫家以三國為題繪畫作品。

關公額上圓點近似佛像眉心代表光明吉祥的「白毫」，加添神聖感。

此像造型與畫像相似，長鬚估計用絲線之類製作，因年代久遠已腐朽。另左袍右甲非關羽獨有，而關羽亦會穿全戰甲或全文裝。

明代泥塑彩繪關羽像（故宮博物院藏）

左袍右甲

一般將軍、神將的裝束，多是戰甲、無甲短衣戰袍或外甲內袍等，以表示戰士身分。關公左袍右甲（或外長袍內甲）的造型較為特別，可能用以表現他「也文也武」的特質。

北派關公像（設計及文化研究工作室藏）

南派關公像（蕭炳強藏）

將軍肚

傳統關公造型的「將軍肚」也許是與現代審美觀最不一樣的地方，除表示有福氣，亦有好力氣、壯健的意思。親和的胖肚子是中國傳統藝術造型的特色之一，來自印度的彌勒佛原本身材修長，到中土後也變成大肚佛！

不過據香港雕刻師蕭炳強所述，關公雕像不一定身形飽滿，那是江浙一帶（寧波派、北派）的風格，傳統廣東派（南派）則傾向清瘦造型。

儒雅相

「侯為人長，大美鬚髯，雄壯威猛，號萬人敵，世本所傳寫影，有座像，有立像，有騎馬捉刀像，不過得其形狀而已。夫為世虎臣，又日有國士之風，則非傳神者所能插畫也。」

（元代．胡琦《漢晉名人年譜》）

元代胡琦在書中選擇以文臣造型來表現關公「為世虎臣」的國士之風。後來明代《三才圖會》的關公畫像也是文人裝束，臉相莊嚴儒雅，更具書卷氣息。這風氣甚至影響到西方畫中的關公造型。

夜讀《春秋》是關公經典形象之一。《三國演義》說關公「秉燭達旦」（拿着蠟燭到天亮）守護嫂嫂，但沒有進一步說明他整晚做了什麼，人們按此發揮，創造出他安靜讀書的形象。不過關公在漢末所讀的很可能是竹簡，或手抄在紙上的文章，畫像或塑像中的線裝書應在宋代才出現。

元代《漢晉名人年譜》的關公畫像

明代《三才圖會》的關公畫像

「書」與「輸」同音，故生意人少有供奉關公的讀書像，或只會選擇「捲本」，因諧音「全本」。

洛陽關林春秋殿關公讀書像

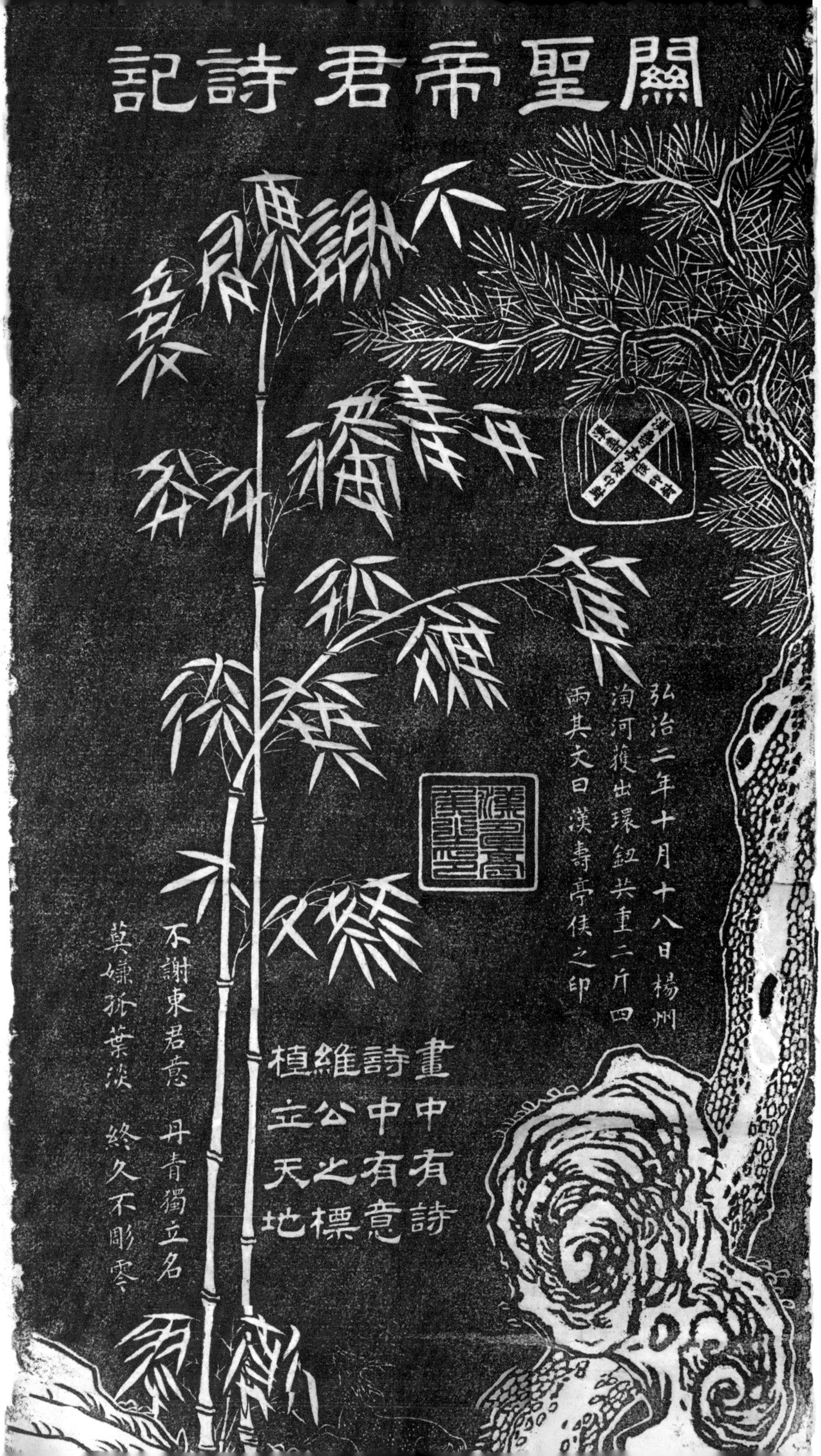
關聖帝君詩記
弘治二年十月十八日揚州
淘河獲出環鈕共重二斤四
兩其文曰漢壽亭侯之印
畫中有詩
詩中有意
維公之標
植立天地
不謝東君意　丹青獨立名
莫嫌孤葉淡　終久不彫零

《關聖帝君詩記》（設計及文化研究工作室藏）

關公的詩畫作品？

相傳關公當年身在曹營，畫竹表明心跡。當中更藏有詩句：

「不謝東君意，丹青獨立名，莫嫌孤葉淡，終久不凋零。」

以竹為主題的畫作在宋代才開始流行，而此畫的技法近似明代《竹畫譜》或清代《芥子園畫譜》，估計是後人創作。文人以竹節堅挺代表寧死不屈的節操，作品將「人」、「詩」、「畫」結合，多重解讀「氣節」。

你讀到竹葉上的文字嗎？

解州關帝廟崇寧殿關公像

帝王相

關公的帝王形象，可能始於明萬曆封關公為帝的傳說。神像身穿冕服，手執笏板，參考了現世皇帝的禮服並加以誇張化的創造。「帝王」級的神仙，如玉皇大帝、五嶽上帝、北極紫微大帝、龍王等才可穿戴。

冕服

原是中國君臣在祭祀儀式穿着的禮服，周朝開始成熟，至明朝成為皇帝、皇族的專用服飾。禮帽「冕冠」最特別，垂珠提示戴者不可亂動，喻意不看不正，目不斜視。而神仙化的冕服則以誇張的冕冠和飄逸的彩帶（披帛）來表達。

笏板

本是古代君臣在朝廷議事時手持的記錄工具，後來成為顯示尊貴身分的禮儀用品。解州關帝廟關公像手執北斗七星笏板，寓意調度人間天下事。

臉色

關廟內的神像主要有紅臉、黑臉和金臉。台灣古蹟復修師蔡舜任先生曾復修台南祀典武廟內的關帝像，研究後發現其黑臉是長期煙薰造成，藏於底層的是紅色顏料。雖不能由此證明黑臉關帝原本都是紅臉，但十分具有參考價值。至於金臉，據說跟封帝或佛教相關。

大澳關帝廟關公坐像
臉色深紅，穿龍袍、頭戴武盔，結合帝王和武將造型。

落戶他鄉

漢地關公傳播到其他民族地區，皆會發展出不同造型，當中反映當地對漢文化的理解和運用。

QUANTECONG
a CHINESE DEITY which they
say was their first EMPEROR

藏傳佛教唐卡

清政府在領地建關廟的政策，促進關公信仰引進藏傳佛教，並在融入過程中與藏族英雄「格薩爾王」合而為一。格薩爾王經藏族史詩傳頌，早已深入民心；他既是戰神又是財神，並擁有四位護法，跟關公十分相近，藏民自然將兩位神明互相比附。

祈禱文《格薩爾岡瓦》可找到兩者結合的證據：「自在支那（即中原漢地）之戰神，本神主動許諾守護佛教，坐此金山真日杰布（指：真日是雲長的意譯，杰布是帝王，即指關聖帝君），大神主從四德來此久住……」。

「關公即格薩爾王、格薩爾王即關公」不只是藏族接納漢族信仰的一種折衷表現，關公借格薩爾融入藏地，格薩爾亦因借用關公身分，抬高在藏傳佛教中的地位，並自此有了主祀他的神廟。不過除此之外，兩者事蹟仍分別以史詩與小說傳頌。

北京雍和宮（藏傳佛教寺院）關公唐卡（示意圖）

藏人將關公團隊比附為：

格薩爾王（關公）

天神之子下凡，通過賽馬比賽成為首領，之後征戰降魔，護國保民，甚至下地獄救母，最後返回天界。

棗騮馬（赤兔馬）

格薩爾王的坐騎，助他登上王位，東征西討。

晁通（周倉）

格薩爾王的叔叔，詭計多端，被格薩爾王收服，是慾望的化身。

嘉察（關平）

格薩爾王同父異母的哥哥，忠誠善良，最後為保家國戰死。

還有兩位隨從「丹瑪」和「巴拉」，好比關公的張仙配王靈官，或王甫配廖化。

藏人叫我「格薩爾杰布」，認為關公即我，我即關公。

關公（格薩爾王）唐卡（示意圖）

（美國魯賓藝術博物館（Rubin Museum of Art）藏）

畫頂是藏傳佛教的活佛或領袖，中間的是第三世章嘉呼圖克圖（章嘉活佛）（一七一七至一七八六年），是最早將關公引入藏傳佛教的僧侶之一。傳說他途經四川時遇到一位「大紅人」（關公）顯靈守護，從此認定為護法。

以格薩爾王形象呈現的唐卡有多種形象，有時會是三眼造型，這可能與藏僧將赤臉赤身的三眼戰神「博克孜」比附關公和格薩爾王有關。至於面色則有白色、赤色或肉色。

首爾東關王廟的金銅關公像

韓式演繹

韓國的關公信仰，一般認為始於明朝萬曆時期。一五九二至一五九八年間，日本侵略朝鮮半島（史稱「壬辰倭亂」），明朝出兵幫忙，以日本戰敗告終。期間明朝將領在數處建造保佑勝利的關王廟，關公信仰進入韓國社會並逐漸本土化。

關羽像（韓國國立中央博物館藏）
關公身穿朝鮮國王服裝

巫俗畫中的關公

如今首爾東關王廟內有兩尊關公像，一紅臉，一金（黃）臉，據說分別代表生前和死後。金像旁還有一位貌似僧人的從祀，名為「普淨長老」，懷疑是《三國演義》中超度關公的普淨和尚，這些設定都罕見於漢地關廟。

至於關公畫像，較特別的是有些穿上了朝鮮國王服（類近明式）。如前所述，漢地關公所穿的是神仙化的冕服，並不會穿皇帝的朝服。

韓國本土巫俗信仰也祀奉關公，稱為「大殿神」或「殿內神」。民間巫俗繪畫較為粗野，例如上圖的巫俗畫，主神和兩位從祀的面相都疑似關公。至十九世紀末，關公信仰深入人心，一九二〇年甚至出現關聖教，初創時便有六千多名信徒。當時韓國正受日本統治，殖民政府感受到威脅，下令取締，足見其影響力。

Q版關羽御迎人形

在江戶時代的御迎人形中，關公是唯一的「外籍」神明。

《歌舞伎十八番》之六《關羽》造型

歌舞伎的臉譜叫做「隈取」，以紅色畫出筋肌紋理的多是正面角色，表示勇敢、正義等。

浮世繪武士風格

一些日本僧侶和武士也供奉關公。約十七世紀中期開始，日本三大祭中便有兩個祭祀關公——大阪天神祭擺放大型關公木偶（御迎人形），江戶（東京）神田祭亦設關公神輿。另外，日本傳統劇場藝術「歌舞伎」有專門的「關羽戲」，其中有關公從廟裏出來，說自己在日本顯靈，要抓奸邪之輩。

關公作為神明，雖融入日本祭祀及風俗，但真正進入民眾心靈的，是歷史及小說人物關羽。由二代葛飾戴斗繪畫插圖的《繪本通俗三國志》（日文版《三國演義》）在一八三六年問世後迅速普及，令三國故事家喻戶曉，當中關羽的眉眼、髮式和裝束都有武士化傾向，又貌似日本人繪畫的達摩。

今天日本人最熟悉的三國故事首選吉川英治的《三國志》。故事開首，關公是一位老師，在村中「童學草舍」教孩子讀書，真正變成關夫子，呼應日本武士文武合一的修行要求。又使關羽在最燦爛一刻死亡，像櫻花不萎而落，切合武士道精神。

《關羽斬華雄圖》（右）

（日本早稻田大學圖書館藏）

一八三六年，二代葛飾戴斗繪。

《華佗骨刮關羽箭療治圖》（局部）（左）

（英國大英博物館藏）

一八五三年，歌川國芳繪。日式關公在眉眼及鬍子的畫法較中式粗獷。

名醫華陀
壽亭侯關羽
一勇斎
國芳画
彫庄治

《中國新地圖集》四川地圖中的關公圖像

西方人叫我「關帝公」

西方詮釋

明代東西方貿易逐漸頻繁，關公形象亦在此時傳入歐洲。現存最早一批由西方人畫的關公圖像，是十七世紀《中國新地圖集》（*Novus Atlas Sinensis*）中的插畫。陝西圖上的關公擺架式揮舞偃月刀，四川圖上的關公則捻長鬚，身旁周倉拿青龍刀。

法國雕刻師帕卡特 Bernard Picart（一六七三至一七三三年）一生未曾離開歐洲，卻透過一些藏品和記述描繪了一本有關世界各地宗教儀式和信仰的插圖書，其中一幅畫關公儒雅地讀書，周倉手持大刀侍立在旁的圖。有趣的是，家具近似典型十七世紀古典主義風格，如仿鳥爪式的桌子腳和燭台腳。牆上風景畫上的龍也像西式的吐火惡龍。

畫下描述為「QUANTECONG a CHINESE DEITY which they say was their first EMPEROR」（關帝公，中國神，據說是他們的第一位皇帝）。「關帝公」應是西方人將關公和關帝混合的結果。「第一位皇帝」雖是誤會，但可見西方對東方的想像，以及關公的代表性。

《關帝》
約一七二八年
Bernard Picart 繪製
（香港藝術館藏）

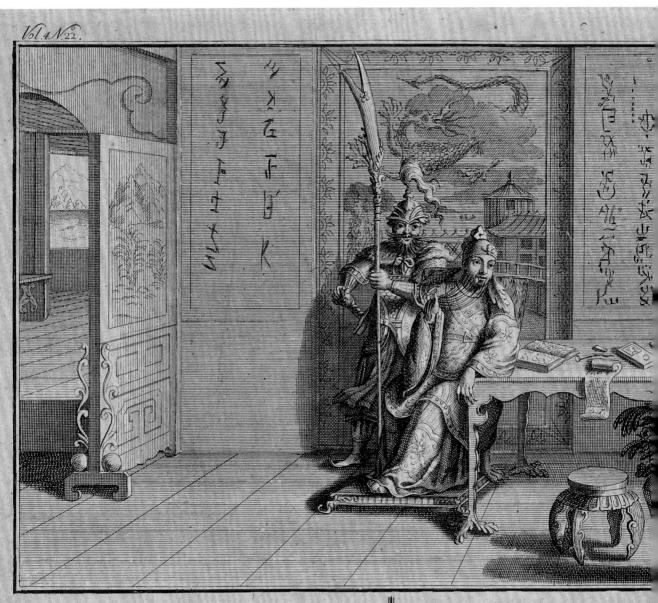

QUANTECONG a CHINESE DEITY which they Say was their first EMPEROR.

QUANTECONG DIVINITE CHINOISE
disent avoir ete leur premier EM

構圖挪用了法國畫家Jacques-Louis David於一八〇一年繪畫的《拿破崙跨越阿爾卑斯山》

現代手法

當代藝術中也能找到「紅臉青袍、關刀赤兔」的鮮明形象，如香港藝術家周俊輝的作品《千里走單騎》，結合了關公與拿破崙的經典造型（相貌為藝術家本人）。二〇一九年法國駐港澳總領事便利用這幅作品拍攝宣傳片，請關公當「公關」，介紹中法文化交流的故事。

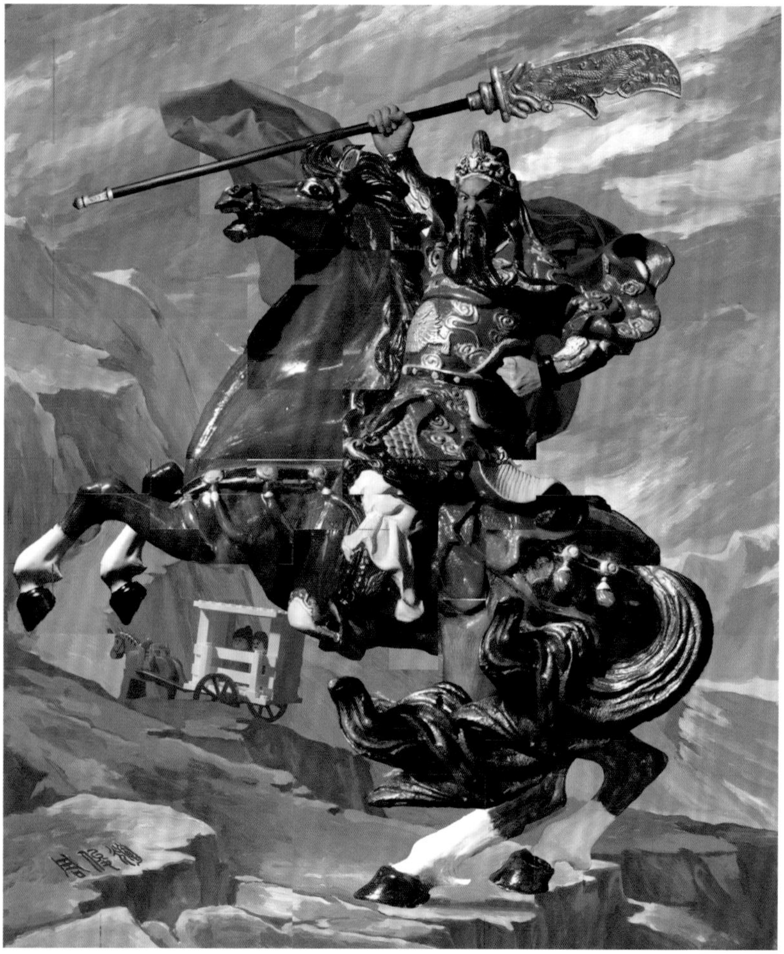

《千里走單騎》二〇〇八年
周俊輝創作（原作為攝影裝置）

動漫世界亦沿用「長鬚 ＋ 關刀」的「關公方程式」。以三國為題材的漫畫非常多，如橫山光輝《三國志》、李志清《三國志》、陳某《火鳳燎原》和王欣太《蒼天航路》等，各有風格及人設。有些更化身校園少女或機械人，造型跟傳統大相徑庭，唯關公依然是最易辨認的角色。

成為機械人
仍有長鬚！

此頁參考一些流行的關公動漫造型繪製

《桃園結義》（李志清繪）
二〇一〇年，香港深水埗關帝廟重修時邀請畫家李志清為關公繪畫事蹟畫冊《超凡入聖關雲長》，並將其中三幅（包括這幅）拓印於主殿外牆上。

多多關照

第三部　生活篇

保佑

各行各業

有華人的地方，便有關公。

關廟總有一間在附近，會館、商舖、餐廳、警局……

也找到這位「萬能之神」的身影。

近年流行說「關公很忙」，其實自宋代以來他已經忙碌了一千多年。除官方和宗教團體，關公信仰更滲透到各階層，反映民眾的不同需要。

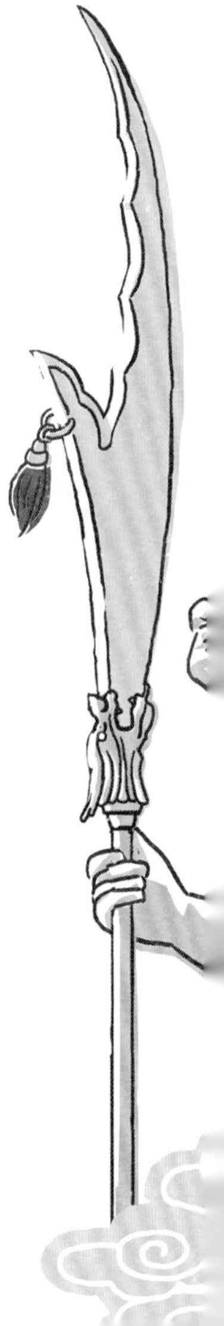

保平安

《太平抗倭圖》(局部)
(中國國家博物館藏)
此畫描繪明代嘉靖年間(一五二二至一五六六年)太平縣城(今浙江台州市所屬溫嶺市)抵抗倭寇入侵的情況。畫中關公顯聖,被士兵簇擁,軍旗上還有「關」字。

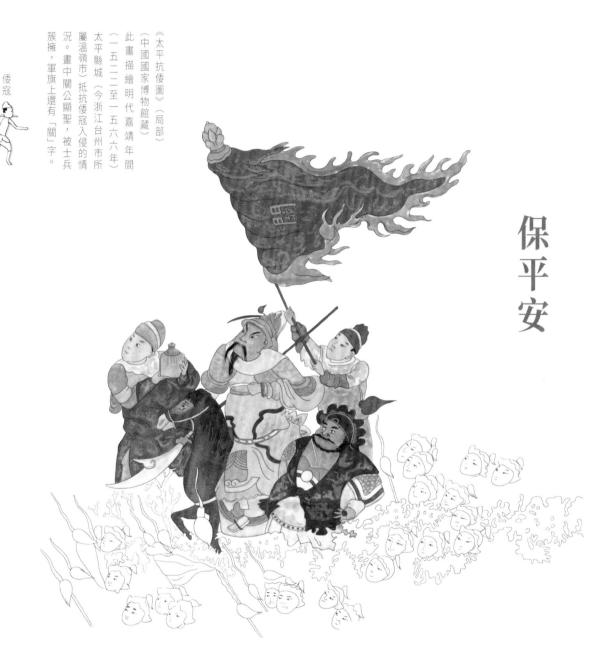

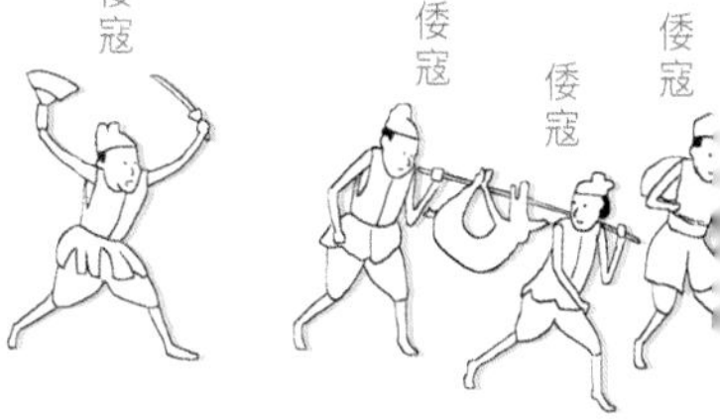

「南方關元帥」軍旗樣式
見於戚繼光所著兵書《紀效新書》

行軍打仗・一往無前

官方推崇的武神出於政治需要，屬國家制度，並不完全代表軍人的選擇。歷代軍人的守護神通常是「身先士卒」的猛將，所謂「狹路相逢勇者勝」，在冷兵器時代，一往無前十分重要。自宋代開始，軍中便不斷傳出關公顯靈助陣、克敵制勝的傳說。南宋初年朝廷加封「壯繆」，很可能與抗金戰役有關，使關公逐漸成為軍隊戰神。

除保佑勝利，將領亦希望兵卒對關公既「敬」且「畏」：敬他就義捐軀；畏他神力通天，不敢叛軍逃亡或胡作非為（如搶掠途經之處）。借神明整頓軍紀，或與兵制有關。宋太祖為免唐末藩鎮割據再現，使「兵無常帥，帥無常師」，將領與士兵關係疏離，故此以神明統一軍心。

更甚者，在國庫不足等情況下，軍隊只能招攬災民、流民甚至罪犯為兵。士兵質素良莠不齊，必須教化。明朝抗倭名將戚繼光便曾組鄉勇練兵，並採用歃血為盟的儀式（猶如桃園結義），大舉「南方關元帥」的軍旗來激勵士兵，最終成功肅清閩浙倭亂。看來保家衛國，先要確保內部團結。

其他軍隊戰神

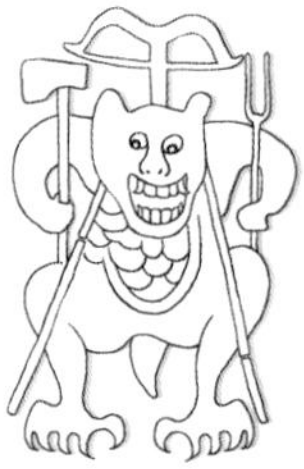

蚩尤
遠古中國南方的首領，相傳最早製造出金屬兵器，最終敗於黃帝。

歷代軍隊戰神不只有關公，不過整體上反映相似特質：未必是常勝將軍，但必有「生當作人傑，死亦為鬼雄」的英雄氣概，或被認為有顯靈護佑的作用，或兩者兼具。

玄武大帝
道教戰神，傳說顯靈助明軍退敵。

毗沙門天王
佛教戰神，傳說在唐代顯靈平亂。

項羽
西楚霸王，曾與漢劉邦爭天下，戰敗而亡。

岳飛
宋代名將，屢敗金兵，最後被奸臣害死。(滿族自認金國後裔，或因此其信仰在清代受壓制。)

【關公答客問】

守護誰？

當敵對雙方軍隊皆尊我為戰神，我會護佑誰？

我的前任，唐代軍隊戰神毗沙門天王曾遇到同樣問題，禪師這樣回答。

問：「大軍設天王齋（即毗沙門天王）求勝，賊軍亦設天王齋求勝，未審天王赴阿誰願？」

師曰：「天垂雨露，不揀榮枯。」

《五燈會元》卷十三〈華嚴休靜禪師〉

像陽光和雨水不會選擇落在哪棵樹上，神明也不會選擇性施恩，受恩澤的多少，責任在於信徒。不過亦有信徒認為我是正義化身，會對世事作出公平裁決，獎善罰惡。若說「不揀榮枯」，即否定了我的神格。

清末筆記《客座偶談》中的解釋也許更順應民意——當明廷無法處理天災、民變亂局時，請我助清滅明，乃救民於水火，是「正直之神」的作為。既然以民為本，便無所謂敵我之分。

洪門會場陳設圖

維持秩序・黑白通吃

在香港，警察和黑社會同樣拜關公。

作為武神職責的延伸，關公早在宋朝已是捕快（古代警察）的守護神。至於香港紀律部隊拜祭關公的習俗，據說始於一九三〇年代，由油麻地警署偵緝部率先供奉，祈求順利破案。在殖民地時代，警隊領導層大多來自英國，為表示上下一心，一般也會入鄉隨俗，在破案、升職、嘉許時進行拜祭。關公作為一種精神象徵，有助維持內部團結，「拜關帝，分燒肉」也成為聯繫手足的活動。

黑社會拜關公，同樣希望團員勇敢當先、忠於組織。早期黑社會源於清代秘密結社，他們以「桃園結義」為精神象徵，廣結民眾反清復明。正如天地會「洪門小引」記載：「後學桃園結義，劉關張萬古傳揚。前者合膽同心，無分彼此，勝如同胞骨肉之親……今見彼邦世衰道微，官贓吏酷，獨力難成，特是結為洪門手足……」清廷曾多次明令禁止結拜無果，影響持續至今。

由此看見，黑白兩道拜關公的理由十分相近。況且在古代，捕快與江湖中人的區分並不明顯，即使早年香港的探員也是「黑白通吃」，反映在法制尚未完善的時代，人們藉關公忠義精神維持社會秩序的底線。

社團拜關公

二〇〇五年的電影《黑社會》中，社團選出新一屆的「話事人」，領導各區負責人在關公像前起誓：「有忠有義，富貴榮華；不忠不義，（打碎碗）照此蓮花，以關二哥為證。」結果「話事人」卻殺害了其他「兄弟」，獨攬大權。

一九七八年，警務處處長頒發皇家人道協會獎項以表揚警員的英勇表現。室內可見牆上的英女王畫像及桌上的關公雕像。兩者一般會分開放置，以示互相尊重。（相片由香港特別行政區政府提供）

【關公答客問】

香港紀律部隊拜關公習俗

在哪裏供奉我？

前線部門如刑事偵緝部、毒品調查科等會請我在辦公室「坐鎮」，另外在職員餐廳也較常見，方便不同部門同事上香。除了警隊和懲教署人員，其他紀律部隊如海關、入境事務處、消防處等也有供奉我的習俗。

何時拜祭？如何拜祭？

今天時代雖然變了，但有不少警員仍對我十分尊重，在升職、破案時拜祭我。除平日上香，升職等儀式中會供奉許多祭品，如燒豬、雞和鴨等。不過為免對警員造成財政壓力，《警察通例》明文提醒不宜過分鋪張。

一九八一年，一班警務人員參與拜關公儀式。（相片由香港特別行政區政府提供）

大館（前中區警署建築群）關公像

原放於營房大樓，在大館復修期間，工人依然將之放在館中，祈求保佑。瓷像底有印款「景德鎮雕塑瓷廠」，可能是中國改革開放後的外銷產品。

黃銅關刀

一面為金錢飛龍紋，另一面為七星金錢紋，並刻有「乾坤正氣」四字。

消災解難・安心同心

即使現代科學先進，天災與疫病仍是人類極大的威脅。無法完全防範的無力感，驅使古人相信災害是妖魔作祟所致。關公顯靈救災，可視為武神職責的延伸——由關公統領陰兵，降魔伏妖，使風調雨順，護國佑民。

關公顯靈救災的傳說始於宋代，其中以降伏「蛟龍」和「蚩尤」最著名。在上古傳說裏，蚩尤經常興雲致雨，卻被後世傳為竭絕解州鹽池之水的主謀，以凸顯關公治旱的職能（事實上解鹽失收是因為水災而非旱災）。蛟龍是潛伏於江海的神獸，不時興風作浪，在明萬曆年間斬蛟龍，解救淮河決堤，即關公流傳最廣的治水神蹟。

傳說未必可信，但無可否認，在明清兩代，關公信仰發揮了鼓舞士氣，安撫和團結人心的作用。例如明代萬曆年間治水成功，是由於民眾在官員潘季馴的領導下，藉關公神力激發人力，促使高家堰的修築工程順利完成。

關公治水傳說

明萬曆年間，潘季馴屢次築高家堰不成。有日夢到關公說河中有毒龍作祟，將為之斬除。翌日風雷大作，過後河面盡赤，得二斷蛟。此故事另有版本，說關公在夢中教授築堰的方法，潘季馴供像祭祀感謝，民眾士氣大振，工程順利完成。

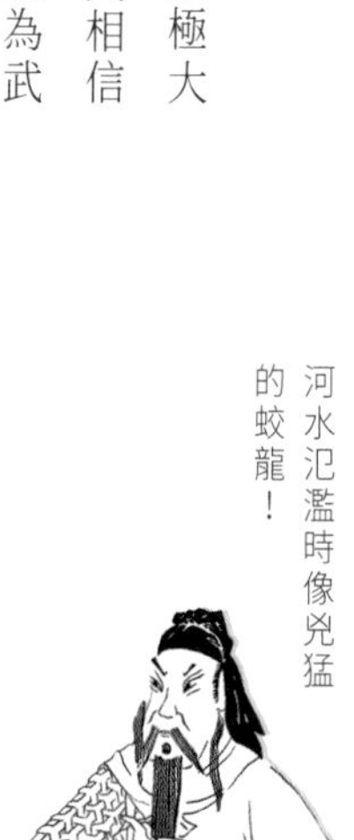

明潘季馴時黃淮交滙與高家堰示意圖

關公驅疫傳說

清康熙時，有五人欲渡江南下，船主夢到關公說不可讓五人南下，如果必欲渡江，就在下船時用他寫在船主手心的三個字對着他們。船主依言，五人消失，留下瘟疫冊籍。後來民眾將這三個字寫下貼在門上，當年不染瘟疫。

香港上環文武廟神輿

當年文武二帝出巡時所乘坐的，很可能是文武廟內兩座神輿（下圖為其中一座），正面列有捐獻者名字，記載由坊眾和南北行商號等獻送。二〇一五年，東華三院創院一百四十五週年舉辦秋祭巡遊，亦曾仿照古物製作神輿。

此外關公還有除疫去病的職能，或在夢中施藥、賜符、驅邪；或教人誦讀經文、戒食牛肉等。早年香港亦有相關記載——一八九四年五月香港爆發鼠疫，五個月內染病死亡人數超過二千五百人（當時總人口只有二十萬人），華人聚居、人煙稠密的太平山街一帶更成為重災區。疫情持續了三十年，除了改善醫療體制，求神祈福也是安穩人心的重要措舉。上環文武廟便曾於一九〇六年入稟申請文武二帝出巡三天，路線經過中上環、西營盤、石塘嘴至灣仔等地，希望藉神恩消災逐疫，鼓舞人心。

同治元年歲次秋九月吉旦立

當年值事

和記行　萬成泰　寶隆號　永記號　麗源號　恒安號　聯益號　維盛號　茂昌號　協和號　洪昇號

永祥順　廣福和　泰隆號　麗隆號　厚安昌　昂和號　杏花樓　怡德號　與昌號　協勝號　利昇號

暢記號　同合號　豐源棧　恵隆欄　遠興號　新泗源　義生號　泰吉號　和隆號　公合號　廣章號

泰記號　連泰行　裕曹棧　遠隆欄　南和號　和源棧　大福號　遠芳號　泰來號　恒濟堂　煥興隆

四環衆信

各港寄商

等仝敬奉

昌文運

除了武神，關公也身兼文職，被視為護佑科舉考試以至官職升遷的重要神明之一。民間尊稱他為「關夫子」、「文衡帝君」。大致原因有：

（一）史載關公好讀《左傳》（更被傳為讀《春秋》），形象深入民心。

（二）科舉競爭激烈，在巨大壓力下，士子只好求神問卜。

（三）赴京會考路途艱險，求關公保佑平安。

（四）民間傳說關公授善書、（扶箕）降乩，是一位著書立說，教民向善的神明。

明清科舉主要考「四書五經」，作為「經中之史」的《春秋》涉及大量典故，被視為較難的一科。但只要一舉成功，便有機會晉升翰林清貴，接近天子。考生讀得頭昏腦脹，竟在夢中求得關公「補習」《春秋》，甚至洩露試題。

中舉後，仕途發展也離不開關公。原本官職升遷，理應由吏部按官員才能和資歷決定，可是為了杜絕官員走後門及賄賂結黨，明萬曆皇帝下令改用正陽門關帝廟的「掣簽」方式，即由神靈抽簽來代替人員考核。這項沒有辦法之中的辦法，使關公信仰在朝臣間升溫，皇宮正陽門外更是香火不斷。

理想中的士人以關公為楷模，乃因其秉持大義，符合儒家道德價值觀。但當中難免有心存僥幸者，更留下可笑祝文：「伏願瞌睡瞭高（監考者打瞌睡），犯規矩而不捉；糊塗宗主，屁文章而亂圈。」恐怕關公看了也要動怒。

善書

兼融三教及民間信仰，勸人行善止惡的道德指導書。以《太上感應篇》、《文昌陰騭文》及《關帝覺世經》最著名，合稱「三聖經」。此外，如今《關帝明聖經》亦十分流行。

扶箕

又稱扶乩、扶鸞等，是一種求神問卜的方法，在明清社會十分流行。過程中神明降臨，附在特定人員（鸞生或乩童）身上，傳達旨意（降乩）。

五文昌

除了關公，還有其他科舉神，例如常與關帝合祀的文昌帝君（文武廟），相傳文采風流的呂祖呂洞賓等。福建、台灣地區甚至形成一套科舉神祇體系：祀奉文昌帝、關帝、呂祖、魁星神和朱衣神，合稱「五文昌」。

我主張敬鬼神而遠之，不語怪、力、亂、神……

孔子

周倉一般替關帝拿刀，拿書的畫像較少見。

香港保良局總部「關帝廳」內的關帝畫像（©保良局歷史博物館）

守公義

古人有「生不入官門，死不入地獄」的想法，非必要不會驚動官府。廟宇作為社區和信仰中心，擔當了「小型法庭」的角色，在神明見證下定奪公義。關公手持《春秋》和關刀，厲目威嚴，加上賞善罰惡的傳說，被公認為裁判神。

在法制尚未完善的年代，關公尤其繁忙。如今與香港上環文武廟相連的「公所」，仍留下神明見證審訊的歷史記憶。據說當年訴訟者需要先在文武二帝前「斬雞頭，燒黃紙（符咒）」，

清代小說中的廉政專員

《聊齋志異》有一篇故事〈公孫夏〉，說有個讀書不成的人正準備買官時卻病死了，到了陰間依然固我，貪污成為城隍。正當他大肆張揚，卻遇上關公出巡。關公查問後發現竟是買爵小人，頓時大怒，命人脫去其官服，重打五十大板並逐回陽間。

公

公爾忘私入斯門貴無偏袒

香港上環文武廟公所正門前的對聯

所

所欲與聚到此地切莫糊塗

立下重誓，以表清白，然後才到公所由德高望重的華人代表進行仲裁。門外藍色對聯「公爾忘私人斯門貴無偏袒，所欲與聚到此地切莫糊塗」，即記下人們對公平裁決的盼望。

關公不只在廟宇內發揮作用。香港早年販賣人口的問題十分嚴重，保良局在一八七八年成立時，即以「保赤安良」為宗旨，主力捉拿誘拐婦孺的罪犯，相關案件即在關帝神像前審理。

議事場所

一八五七年，香港中西區一帶坊眾在文武廟公所設立盂蘭盛會。這種集體祭神活動集合人們，以廟宇為中心，處理公眾事務。文武廟的值理多由南北行商人組成，曾作為半官方的地方議會；其裁決權雖從未受香港法律認可，但獲政府默許，反映港英政府曾試圖利用華商管理華人社區。

獲救婦孺可選擇留局至成年後自立，或接受領育（領養）或領婚。當年曾出現轉賣女童的案例，於是保良局要求領育者必須在關帝像前宣誓，以示承諾，而據說自此類似事件便鮮有發生。領婚者同樣需要宣誓，婚禮儀式安排在關帝像前進行，新人向關帝行三鞠躬禮，再向局方總理（作為女家主禮人）敬茶；婚後「三朝」回門（結婚第三天回娘家），亦須參拜關帝。

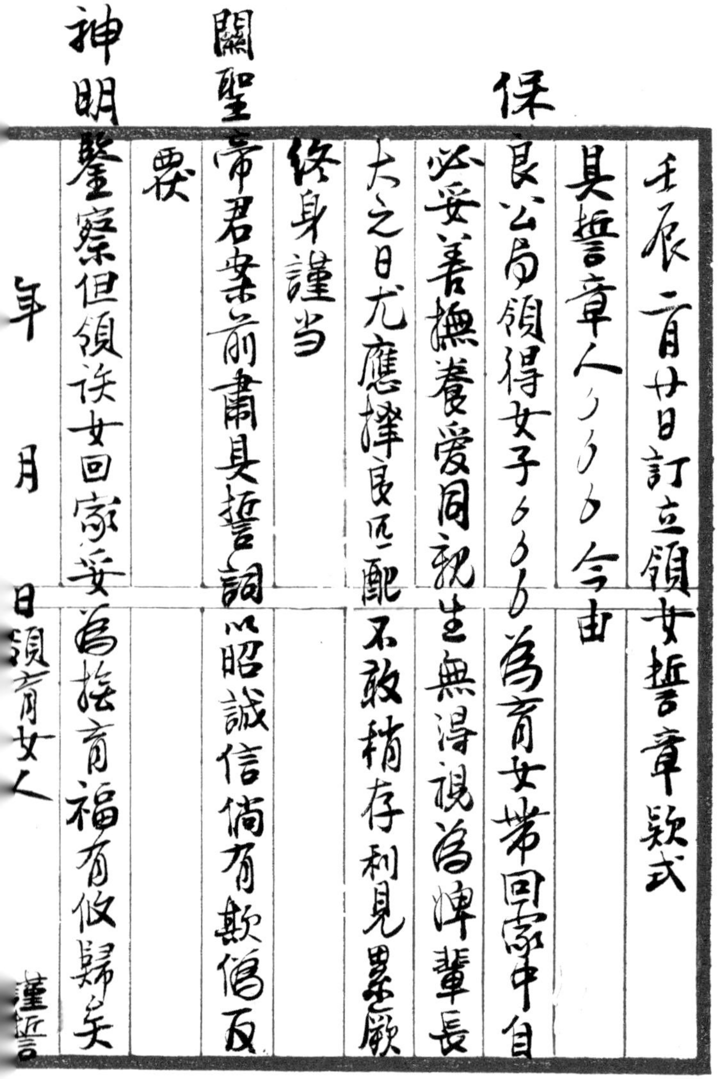
壬辰二月廿日訂立領女誓章款式
具誓章人〇〇〇今由
保良公局領得女子〇〇〇為育女帶回家中自
必妥善撫養愛同親生無得視為婢輩長
大之日尤應擇良匹配不敢稍存利見累厥
終身謹當
關聖帝君案前肅具誓詞以昭誠信倘有欺僞反
覆
神明鑒察但領訖女回家妥為撫育福有攸歸矣
年　月　日領育女人　謹誓

保良局領育誓章（© 保良局歷史博物館）

保良局關帝廳

保良局在創局初期便供奉關帝。一九三二年遷往銅鑼灣禮頓道後，仍在總部中座大樓懸掛關帝畫像（見第一五七頁），並俗稱該處為「關帝廳」。如今那裏每年仍舉辦儀式慶祝關帝誕，祈求上下一心，拓展慈善業務。

一九七一年，保良局女子與領婚者在「關帝廳」舉行婚禮。（© 保良局歷史博物館）

添財德

關公不只是武神、武文昌，更被民間視為武財神。傳說他是古代帳簿的始創人、中國會計的祖師；當他決意歸奔劉備時，便把曹操贈禮清楚計算，全數歸還，如此「不受賄賂、帳目分明」的操守受商人追捧。不過更可信的原因，得由他的故里解州及晉商（山西商人）說起。

財神

除了關公，武財神還有趙公明；文財神有比干、范蠡等，其他小財神更不計其數。

關公之前的會計

「會計」一詞早在先秦已有，秦漢時亦已有「計簿」一類的帳冊，故此關公為帳簿始創人或會計祖師的說法並不成立。

解州

東漢時稱解縣，離首都洛陽約一百四十公里，以產鹽聞名。古稱「渤澥」，指遍地皆水，水退後改名為「解」。另有傳說黃帝在此地殺了蚩尤，使他身首異處，故稱「解」。

關公保護財物

早在唐代已有關公守護財物的傳說，到其祠內留宿，財物即使放在顯眼處，亦沒有人敢偷盜。此外，唐代戰神毗沙門天王也是財寶守護神，有說關公除接替其戰神職能，也接收了財神職能。

火神與財神

火有令人溫飽、興旺的含意，故此火神亦被納入財神之列。明代中期開始，道士認為關公應南方赤火神之象（赤面為原因之一），是「火德真君」下凡，使他的財神職銜更加穩固。

互助發跡

「水出石鹽，自然印成，朝取夕復，終無減損。」

古代地理名著《水經注》對解州鹽池的描述

解州自上古時期便擁有重要的天然鹽池。據先秦史書《世本》記載，堯都平陽、舜都蒲阪、禹都安邑都圍繞解州鹽池而建立。自西漢把「鹽」這項必需品列為官方專賣，鹽稅便成為政府主要收入來源，到唐宋時期更曾經達到賦稅一半以上。當金國和蒙古入主中原時，亦以控制解州鹽池為首要任務。

解鹽是天生之財，自然要酬謝神恩。至遲在唐代，當地已建廟祭祀非人格化的鹽池神。北宋元符年間（一〇九八至一一〇〇年），大雨導致堤堰決裂，淡水浸灌鹽池導致基本停產，直至崇寧元年（一一〇二年）才逐漸恢復。這段歷史後來演變出關公斬妖的傳說，使他作為「同鄉」成為鹽池保護神的身分得以確立。

晉商以鹽業致富，自然視守護鹽池的關公為保護神。明代實施「開中法」，鼓勵商人運送糧食至邊塞，以換取「鹽引」（朝廷發給鹽商的合法經營許可證）；晉商因接近邊境的地緣優勢而捷足先登，逐漸壟斷邊貿，成為明清三大商幫之一（其餘為徽商及潮商），業務逐漸遍及全國各地，關公信仰亦隨晉商的貿易路線而傳播。

【關公答客問】
守護那些行業？

在民間不同行業，只要同我的出身、品格和造型有所聯想都可以供奉我，據說在明代就有三十多種行業以我為行業神，當中大體可以此歸類：

出身基層

傳說我在微時曾賣豆腐為生，被一些豆腐業人士奉為祖師。此外由關刀引申，依靠刀斧謀生的行業如裁縫、廚師、屠夫、理髮師等亦有供奉我。

品格忠義

各界商人亦有祀奉，如銀錢業、典當業、鹽業等，以及維護公義的行業如紀律部隊人員、律師……。

形象英勇

還有跟勇武相關的行業，如軍人、衙役、保安、武師等。而我的坐騎赤兔馬使我與騾馬、運輸等行業，如驛站、車夫等拉上關係。

早年上環文咸西街南北行公所

南北行

香港由開埠早年開始，文咸街一帶商家多售賣中國及東南亞各地的土產及雜貨，因貨物貫通南北，故稱「南北行」。

會館和公所

始於明朝，由同鄉或者同行在城市中建立，作為居住、辦公兼休閒場所，多用作聯誼、議論業務、訂立守則和調解糾紛之用。會館主要以地區命名，公所則多以行業命名，且甚少提供住宿服務。

以義取利

明清商人視「誠信」為創造財富、長久經營的基礎。關公守信重義的精神與他們的經營理念契合，對內可作為員工守則（也是守業家訓），對外猶如商標的宣傳代言；推而廣之，更成為整個行業的準則。

更現實的原因是，在傳統「士農工商」的等級觀念下，商人地位較低，以關公作為代言可改善商人形象。儒商「以義取利」的商業道德觀，更可彌補法律制度的不足，在精神上規範商業行為，既維護商家利益，又限制商家過分唯利是圖。

商人在各地設立會館，多半以關公為主神，有的甚至建廟為館。這個傳統在香港也能找到例證，一八六八年於上環成立的「南北行公所」，據說在第一代會址的二樓禮堂曾懸掛關公神像，兩旁還有對聯：「忠厚和平斯謂道，聰明正直之為神」。如今在文咸街東、西街，不少參茸海味舖仍保留供奉關公的傳統。

即使走入鄉村墟市，關公同樣發揮作用。一說在明朝，邊境漢蒙互市，關公已成為互市規約的監誓神。而香港不少關廟的建立亦與墟市有關，例如大埔太和市的文武廟、元朗舊墟的玄關二帝廟等。許多時候，廟宇同時是鄉公所，為農產品訂立「公秤」制度，確保鄉民進行公平買賣，童叟無欺；如遇糾紛則入廟在關公神像前進行裁決。

上關下財年畫（設計及文化研究工作室藏）民間年畫將關公放置於財神之上，寓意道德駕馭財富。

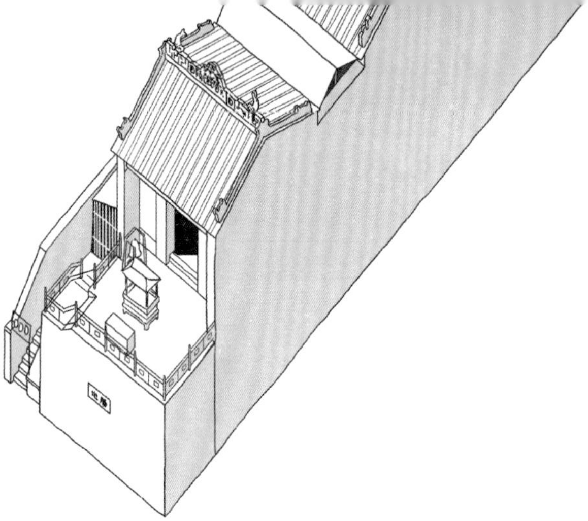

廣福義祠
正殿主祀地藏王，陪神有天后娘娘和關公等。後殿是坊眾的百姓祠堂，供奉了不同姓氏亡靈的牌位，故又稱「百姓廟」。

以利行義

「非必殺身成仁，問我輩誰全節義；
漫說通經致用，笑書生空談春秋。」

山東聊城山陝會館關帝殿內的楹聯

關公不只教人應如何取利，更指出商人的「社會義務」。讀書做官以「經世濟民」，商賈亦可捐獻財富，帶領各種善舉。按今天的話，即商界與社福界合作，履行企業的社會責任。

善舉的範圍非常廣泛，從救濟孤寡、修橋補路到組織「更練」維持治安等。義祠、義診、義學，照顧各種日常所需。早年社會福利政策並不完善，華商擔當了領導角色，香港的慈善服務也是在這種社會背景下孕育出來。

義祠——早年來港謀生的華人來自五湖四海，為了讓客死異鄉的亡靈得以安息，商賈與坊眾在一八五一年集資興建廣福義祠，以存放不同姓氏亡靈的牌位，故又名百姓廟。

義診——當年廣福義祠還提供義診和收容患病華人。可惜服務供不應求，部分病人身故後無法即時處理，導致衛生情況惡劣。這驅使第一所為華人而設的醫療機構「東華醫院」（取名含義「廣東華人醫院」）成立，免費提供中醫藥治療。一八七二年東華醫院落成揭幕前，總理們亦先到上環文武廟拜祭。東華後來發展成慈善機構，擴展醫療以外的社會服務。

義學學生感言

香港大學前醫學院院長李心平教授曾就讀於文武廟義學，他回憶道：「有一次我走進文武廟懷舊，見到廟內的東華三院募捐箱，一下子五內翻騰……我以前對『傾囊』這兩個字不明白，直至自己將所有東西都傾囊相助。當時我將身上的港幣、美金、散錢都全部放進去，幸好留有一張八達通，才能回到酒店。」

關公與十全會

內地亦有慈善團體與關公相關，據說民國時期的四川「十全會」起源於關帝的降筆，救濟活動共十項：崇學校、設宣講、養孤貧、全婚姻、拯疾苦、賑災厄、助貧困、廣施濟、恤死亡、愛物命。

文武廟義學舊照（相片由夢周文教基金會提供）
文武廟旁建築的匾額寫有「書院」二字，是從前的義學所在。

義學——為解決清貧兒童失學問題，文武廟與東華醫院在一八八〇年合辦文武廟義學，提供免費教育，開創本地華人辦學風氣。義學當年日常開支由供奉文武二帝的香油錢來支付。這所義學在殖民時代推廣中文教育，以《三字經》、《千字文》等傳統書籍為教材，對承傳中國文化發揮一定作用。

關公作為武財神，不僅是守護財富的「高級保安」，他在某程度上約束和監督商人行為，提醒建立信譽才是正確的致富之道；同時也鼓勵商家仗義疏財，把收益應用於實質的社會建設上。

四先祖像

世界龍岡親義總會從六十年代開始已在香港興辦學校，並以「忠義仁勇」為校訓。此為大角咀世界龍岡學校劉皇發中學大禮堂正座之四先祖像。

求團結

「朋友居五倫之一，四海之內，以義相投，皆為兄弟。」

《修建臨襄會館碑記》

俗語「人離鄉賤」，出外謀生者離開宗族的保護，更需要其他信念作為人際關係的黏合劑。「桃園結義」的互助精神打破血緣限制，受來自五湖四海的商旅追捧。這種以神明作為號召的團隊力量在海外尤其鮮明，並以各種華人組織的形式呈現。

香港一直是「移民城市」，大量人口來自內地。開埠初年，華商為了凝聚華人力量，與港英政府交涉爭取華人權益，在一八九六年成立了「中華會館」，開幕儀式上即以酒醴及禮樂祭祀關公，並進行團拜以示團結。後來部分會員成立「華商公局」，至今發展為「香港中華總商會」，成為海內外華商溝通的橋樑。

至於海外，尤其東南亞地區，自明代已有不少華僑。各地會館有不少直接以關廟為會址，成為華僑社區中心，提供多樣功能：

精神寄託——除了信仰外，中式建築的廟宇亦予華僑親切感。
連結故鄉——廟內有來自故鄉的神像或香火，甚至皇帝御賜的匾額。
福利慈善——祭祀活動、春節慶典、獎學金、捐助建學校、醫院等。
排難解紛——解決及處理當地華人事務，如債務糾紛、家庭不和等。

世界龍岡親義總會更加開宗明義，以劉備、關公、張飛和趙雲的子弟自居，四姓聯宗。從廣東開平龍岡古廟開始，四姓後人不斷在世界各地建立親義會，形成龐大的華人網絡。

華商商會內的關廟

馬來西亞吉隆坡諧街的關帝廟，其門口匾額卻是「廣肇會館」。這座建於光緒十四年（一八八七年）的關帝廟屬於廣肇會館轄下的產業。廣肇會館關帝廟成立初年，就作為處理華人事務的場所。至今仍是吉隆坡華商心目中最崇敬廟宇之一。

關廟

官方民間

廟宇命名

關公的名諱眾多，祭祀他的廟宇同樣名稱眾多。

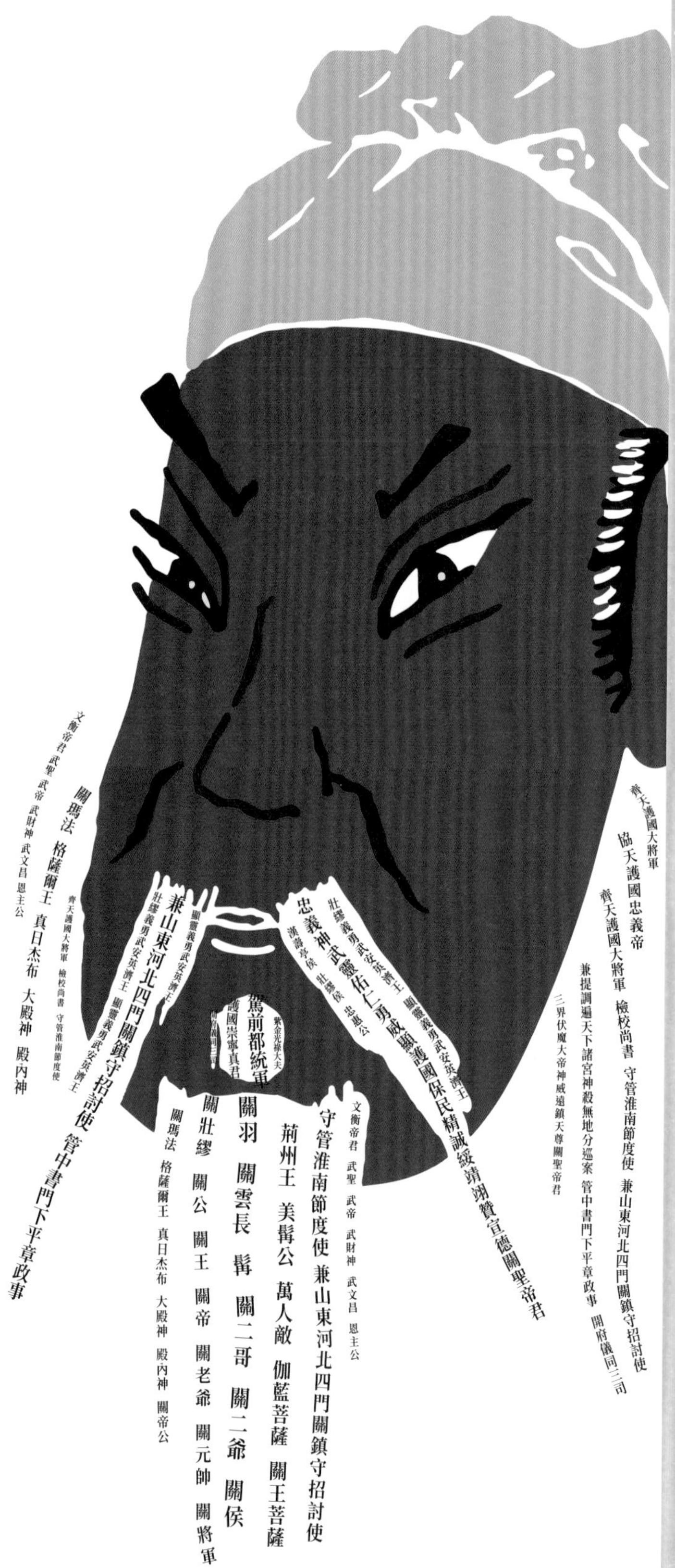

與名字、職位及封號相關

作為歷史人物或厲祀的祠廟，會稱為「關羽廟」、「關將軍廟」、「漢壽亭侯廟」、「關侯祠」。宋代封王後始有「武安王廟」、「關王廟」等。至於「關帝廟」，應與明代民間流傳關公獲封為帝有關，至清代官方正式採用。

與儒釋道相關

由漢傳佛教提倡修建的關廟，多沿用民間稱呼，如玉泉關廟，估計與佛教借關公漢化相關；藏傳佛教地區稱關廟為「格薩爾拉康」（拉康，意「神殿」），則是關公信仰藏化的表現。無論是「漢化」、「藏化」，皆以本土化為目的。至於「伏魔廟」、「文衡殿」、「協天宮」等，則與關公在道教中的多種職務有關。「關夫子廟」是民間將關公比附孔子的結果，甚至有傳說雍正帝敕改關廟為「武廟」，與奉祀孔子的「文廟」相對，事實上應為民間私議。

與其他神祇合祀

與文昌帝君合祀，稱「文武廟」；與岳飛合祀，稱「關岳廟」；與張飛、劉備合祀，稱「三義廟」。

還有經口耳相傳卻更為親切的「雲長廟」、「老爺廟」，在新加坡甚至有關廟稱為「七寨廟」和「阿媽宮」。部分命名雖已無法考究原因，但整體上反映關廟適應不同時代、宗教以至地域的變化，可見中國民間信仰的活力與包容。

廟宇集眾人意志而成，其分布、修建或荒廢，反映信仰傳播與興衰，見證時代的需求。

信仰傳播

關廟遍佈世界，單在中國便數以千計。不同時代群體修建的關廟各有故事。

關公足跡

與關公生平事蹟相關的地點大多建有關廟，如殉難地當陽、出生地解州及首塚洛陽。關公一生從未踏足蜀國，但首府成都最遲在宋朝便已將他與張飛、諸葛亮共祀於昭烈帝廟（主祀劉備）後殿。另外河南許昌在三國時代是魏國屬地，受《三國演義》影響，人們相信「月下讀春秋」等事蹟在該地（曹營）發生，故後期成為信仰重鎮，建有灞陵橋關帝廟及許昌春秋樓等。

1 常平關帝廟：傳說由關宅改建。
2 解州關帝廟：全中國最大關廟。
3 洛陽關林廟：傳說埋葬關公首級。
4 當陽關陵廟：傳說埋葬關公身軀。
5 許昌灞陵橋關帝廟：同殿供奉關公和曹操。

京城周邊

起初關廟大多位於鄉鎮，至金、元時才走進都會。明清時期皇家、官吏、商賈、士子紛紛建關廟，尤以資源集中的北京為最，熱潮更輻射至整個河北地區。不過，第一所由朝廷下令興建的關廟估計位於明初首都南京一帶，由開國皇帝朱元璋下令興建。

6 正陽門關帝廟、白馬關帝廟：明清時曾作為國家祀典關廟。（已毀）
7 承德關帝廟：乾隆時改為皇家廟宇，邊疆各族首領及外國使者到訪時參拜。

世界關廟地圖

這裏舉例點出關廟在世界各地的分布，協助說明關公信仰的傳播。部分關廟因年代久遠已毀。

貿易路線

重點商埠如開封、福州、潮州，以及京杭大運河沿岸城市皆建有關廟，大多由商人出資興建，建築結合會館及戲曲舞台。此外，運河沿岸關廟亦受河道倉場官員（掌管漕糧驗收及水陸轉運）敬奉，祈求漕運安全。

海外關廟早期多位於貿易重鎮，如越南會安關公廟，建於商船雲集的碼頭旁。不過，並非所有海外關廟都有商人背景，如今位於澳洲維多利亞女王博物館和藝術館內的關帝廟展廳，原本位於塔斯馬尼亞島，由華人礦工發起興建。

8 聊城山陝會館：位於大運河西岸，內有戲樓。

9 三街會館：曾作為澳門華商的議事和信仰中心。

10 橫濱關帝廟：第一代神壇祭器從香港等地傳入。

11 會安關公廟：一七五三年前已存在，是東南亞最早建成的關帝廟之一。

12 維多利亞女皇博物館和藝術館內的關帝廟：世界最南端的關帝廟。

邊境屬地

關公信仰在明清時期隨軍旅擴展到邊境地區。明朝重要的「九邊」（沿長城設立的九個邊防重鎮，如陝西鎮、甘肅鎮）均建有關廟。到了清朝，隨着國家勢力範圍外移，加上屯兵建城的政策，東北吉林、黑龍江、新疆以至西藏等地也陸續建起關廟。明朝軍人建廟大多出於個人信仰，到清朝則正式成為國策，關廟成了收復領土、規劃新城的標記。

13 嘉峪關關帝廟：位於長城西端起點。

14 惠遠城關帝廟：位於伊犁，即清朝新疆建省前的軍政中心。

15 拉薩關帝廟：又稱格薩爾拉康，屬藏傳佛教寺院。

16 台南祀典武廟：為明鄭時期所建，清朝成為官方祀典關廟。

戰事促成

關公與吳國為敵，最終被孫權所殺，應否受祭於江東地區（吳國領土）成為爭論。明嘉靖以後倭寇侵擾沿海地區，軍民將戰事勝利歸功於關公護佑，為江南以至閩粵地區的信徒打下強心針，使關公信仰深入「敵國」腹地。因戰事促成的海外關廟以韓國的最突出。明萬曆年間，日本侵略朝鮮，明朝出兵援助，並在漢城（今首爾）發起建造關廟，包括崇禮門的「南廟」和興仁門的「東廟」，資金據說來自明朝軍餉和萬曆帝御賜。

17 東山關帝廟：東山島是抗倭軍事要塞，後來台灣和新加坡眾多關廟由此廟分靈。

18 首爾東關王廟：見證明朝與朝鮮共同抗日的歷史。

其他一些特別的關廟：

19 珠穆朗瑪關帝廟：全球海拔最高的關帝廟。

20 路易港關帝廟：非洲最早建成的關帝廟之一。

21 本拿比天金堂：加拿大第一座關帝廟，二〇一二年建成，建築融合了西方設計風格。

僅在香港已有超過三十間關廟，當中反映的故事猶如世界縮影：

鹽業——大澳關帝古廟始建於明朝弘治年間（一四八八至一五〇五年），據說由大澳鹽戶發起興建，請關公守護鹽田。

墟市與商業裁判——如元朝舊墟的玄關二帝廟、沙頭角東和墟的文武廟、大埔新墟（太和市）的文武二帝廟等，與墟市的建立同期。其中大埔文武二帝廟作為聯鄉廟宇，更是大埔七約結盟的象徵。上環文武廟鄰近南北行，是開埠初期的華人社區中心，在旁加建的「公所」用作簽約、審判及解決商業糾紛。

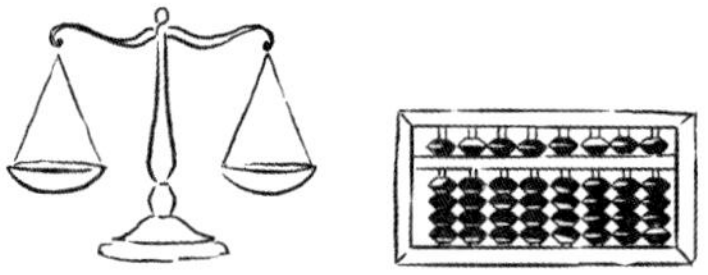

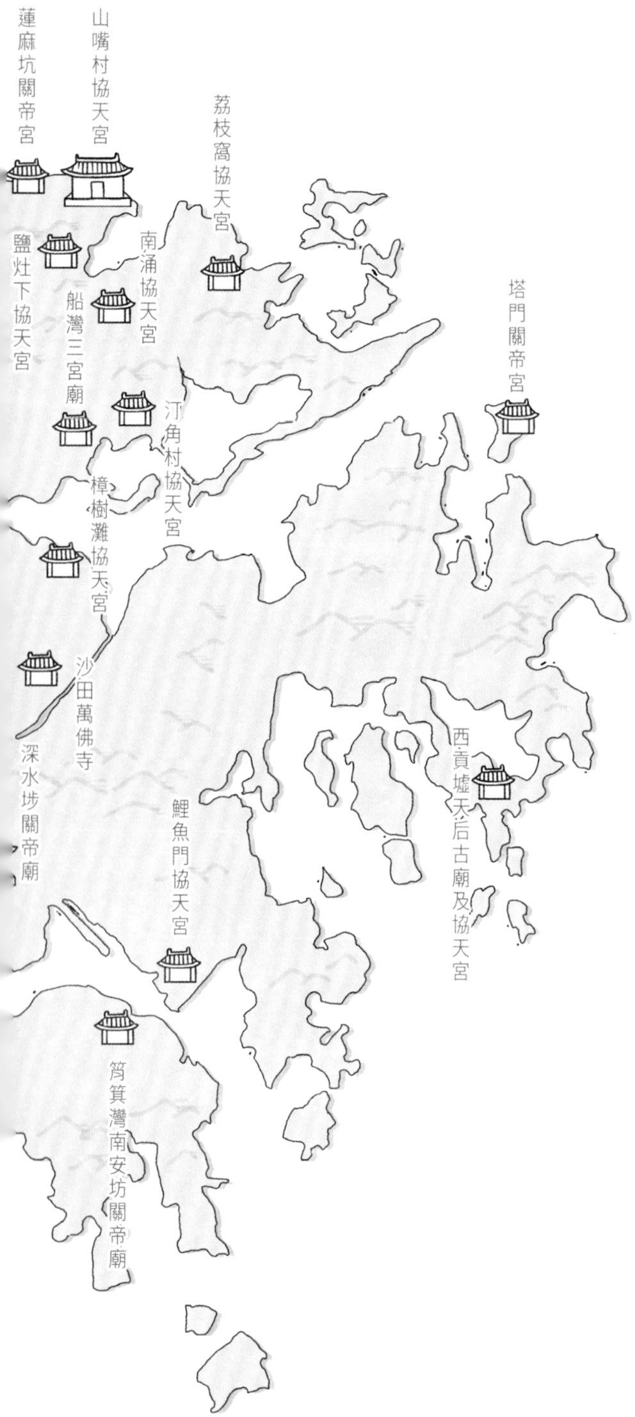

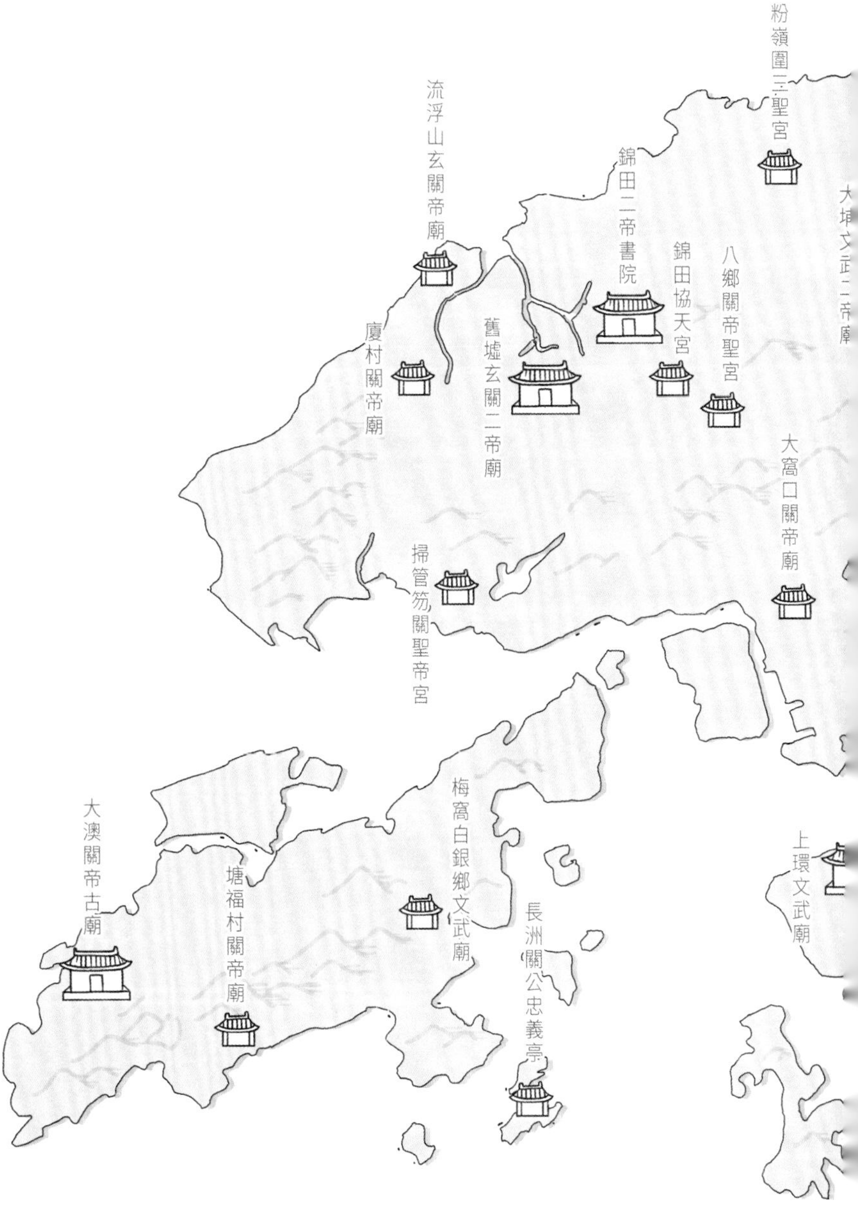

邊防——清代朝廷重視香港海防，由防範海盜、南方反清勢力到後來的西洋列強。深水埗關帝廟即留下一八九一年清代海防武官捐獻修葺的記錄，祈求保佑家國安寧。

區內教育——如結合書塾的上環文武廟義學和元朗錦田二帝書院等，保佑莘莘學子學業進步。

信仰中心

宗教建築象徵信仰「落戶」，被信徒視為朝聖之地。綜觀歷史，關公信仰的中心經過變更，唐宋醞釀時期以湖北當陽為首，明清鼎盛時期以山西解州為重，從關公的殉難地轉移到出生地，體現了關公信仰內涵的發展。

早期祭祀關羽只是區域性現象，當陽最早傳出關公顯靈傳說，長久以來被視為信仰發源地，學者估計與楚地厲祀的古俗有關。隨着信仰發展，關公晉升為消災解難的萬能神；相比守護佛寺，在解州「大戰蚩尤」的救災傳說更符合大眾期望。強調關公「魂歸故里」，有助塑造其「忠孝兩全」的形象，符合傳統價值觀和政治需要。再加上山西商人在各地建廟「傳教」，解州作為關公信仰中心的地位不斷被強化。

清代官方正式將關公納入儒家系統。對應孔廟、孔府（孔子嫡系後裔的宅邸）與孔林（孔子及其家族的墓地），民間關公信仰也發展出「三大關廟」的概念，即解州關廟、洛陽關林（埋葬首級）及當陽關陵（埋葬身軀）。山西關夫子與山東孔夫子遙相呼應，正好對應傳統「左文右武」的觀念。

解州關廟的平面圖
請看第一八六頁

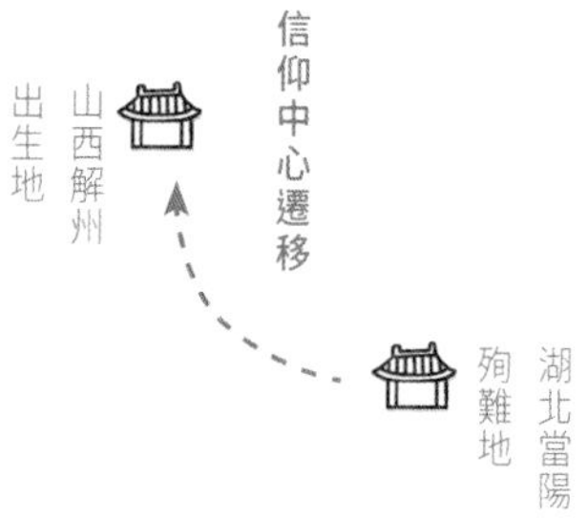

陵、林、塚、墳

封建制度下帝王之墓稱「陵」，聖人之墓稱「林」，王侯將相的墓稱為「塚」，平民則稱為「墳」。關公既有「陵」也有「林」，以凸顯關聖帝君的尊貴身分。

關塚

當年曹操收到孫權送來的關公首級後，以諸侯之禮將其葬於洛陽，關公正身則傳說葬於當陽，故此兩地均有關塚。

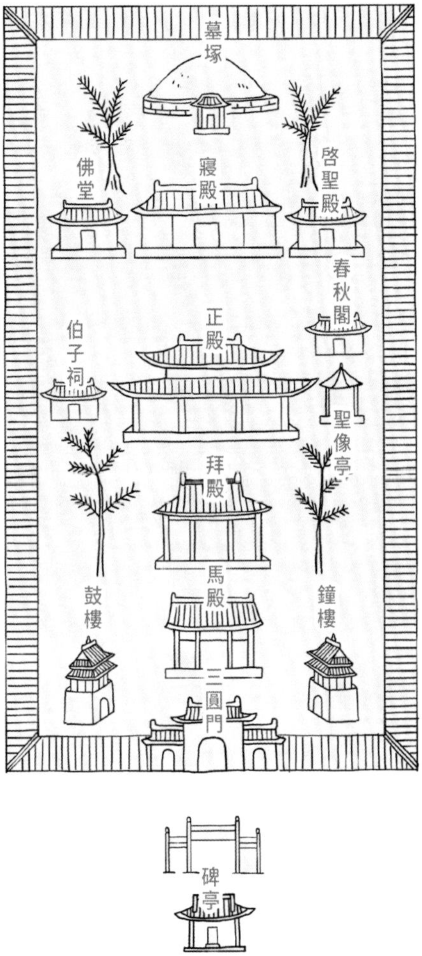

當陽關陵

當陽玉泉寺附近的關廟一般被視為關公信仰的起源。至於當陽關陵，則於南宋時首建祭亭，入明朝才於塚前建成廟。在玉泉寺關廟的映襯下，此廟一直不受重視，直到明朝成化年間才被秩入春秋祀典，取得官方認可。

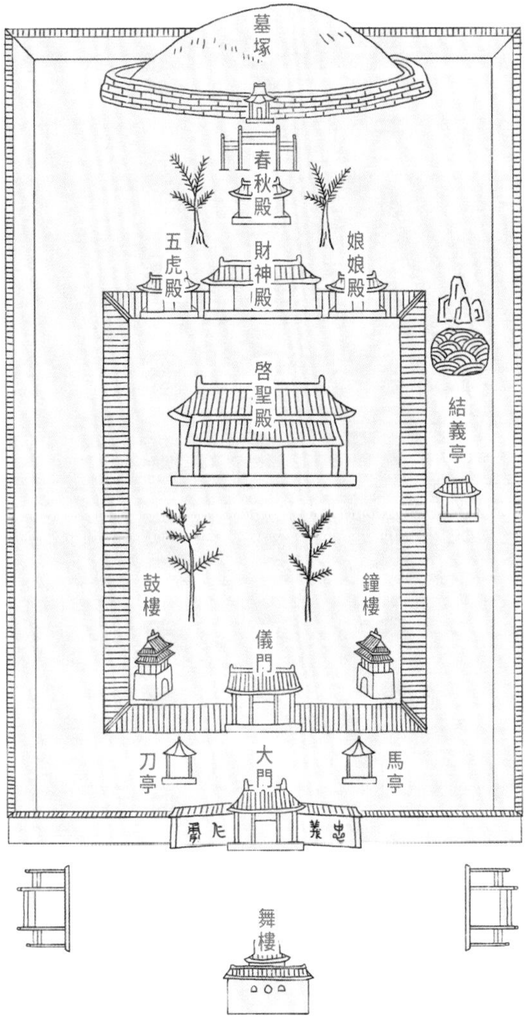

洛陽關林

明萬曆年間開始擴建，時稱「關王塚廟」，到清代始稱「關林」。據說一九〇〇年義和團起義，慈禧和光緒倉卒出走西安時，曾途經此廟拈香拜祭。動亂平息後回京途中，亦鄭重其事拜謁關林。

此廟在解池南面，請我坐鎮，為了防範解鹽走私活動。此外，記載我先祖兩代生卒、名諱的殘磚即在常平發現。

認祖歸宗

傳統士人相信「移孝可以作忠」，孝子為臣鮮有犯上作亂。但史書只記載關公的忠義事蹟，沒提及家庭狀況，更無行孝的故事流傳。這一「缺漏」在關公信仰儒家化的過程中得到補充，修建常平關帝祖祠是最鮮明的一筆。

正史只寫關羽是河東解人，常平村作為他家鄉的記錄最早見於金代，如今關帝祖祠內最古老的建築「祖宅塔」亦建於金。最流行的說法是關公逃亡時其父母跳井身亡，後人在井上建塔紀念，並逐漸將家宅改建成祖祠。

祖祠歷史久遠，但與城西的官祀關廟（即解州關帝廟）相比，一直不受重視。直至明朝中葉，嘉靖帝以外藩入繼大統，君臣對於「繼統是否繼嗣」的看法不一；嘉靖以「孝」為名，拒絕承認自己為先皇的繼子。在此背景下，常平關帝祖祠得以重修，資金來源即解州關帝廟的香稅，隱喻「子供養父」。後來此廟納入官祀，明令於清明節進行祭典，動機明顯。

祖祠的地位確立後，引發一系列認祖歸宗的「發現」：先是祖墳，後為關公祖上考定名諱，使關公更符合儒家道統，比照孔子。不過關帝祖祠僅此一家，各地關廟具體融入「孝」的概念，始於清雍正帝。他下令全國官祀關廟在後殿供奉關公祖上三代，台南祀典武廟的三代廳即一例證。奇異的是，現存中國規模最大的解州關帝廟卻沒有類似三代廳的殿宇；或許，解州兩座重點關廟被視為一個整體，由常平關帝祖祠分擔了「孝」的信息。

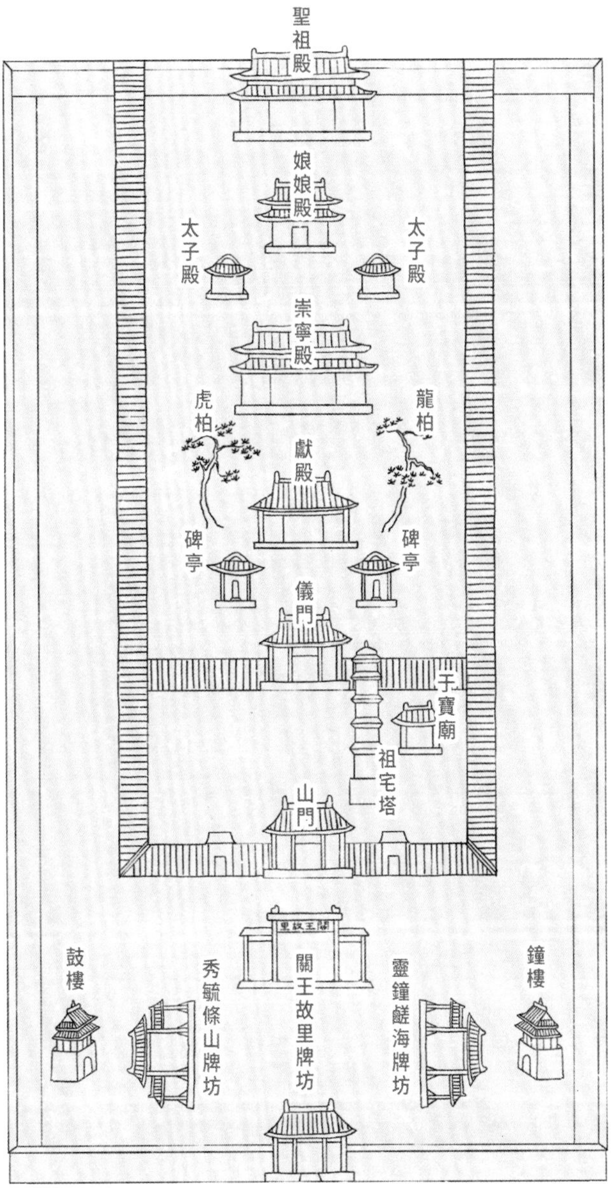
聖祖殿
娘娘殿
太子殿
太子殿
崇寧殿
虎柏
龍柏
獻殿
碑亭
碑亭
儀門
于寶廟
祖宅塔
山門
關王故里
鼓樓
秀毓條山牌坊
關王故里牌坊
靈鐘鹺海牌坊
鐘樓

常平關帝祖祠

官方宣傳據點

關公信仰源於民間，經皇家推廣使熱潮達到頂峰，每次加封、賜額、修葺，都一再提高關公的威望。明清時期，天子所在的京城成為關廟最密集的地方；從《乾隆京城全圖》可知，乾隆十五年（一七五〇年）北京共有關廟一百一十六座，其中以地安門白馬關廟和正陽門關廟最著名。

地安門與正陽門分別是明清皇宮紫禁城的北門和南門，俗稱「後門」和「前門」，坐落在被視為「龍脈」的中軸線上。兩處關廟在意象上一前一後守護皇城，並曾交替成為京師的祀典關廟，由太常寺定期祭祀。

白馬關廟的年代較久遠，在洪武年間（一三六八至一三九八年），即明廷遷都北京前已存在，但真正獲得注目應在明憲宗在位期間（一四六五至一四八七年）。或許由於明憲宗曾經歷「土木堡之變」和「奪門之變」，一度失去太子之位，故此特別重視奉祀關公以提倡忠義精神；不僅下令重修白馬關廟，更頒賜關廟祭文，祈求保佑大明國運。

然而，從明嘉靖至清入關以前，實際受官方重視的是正陽門關廟，據學者分析，這或許與帝系南移有關。建都北京的永樂帝（一四〇二至一四二四年在位）原為燕王，推崇象徵「北方水」的真武大帝為護佑神。相反嘉靖帝（一五二二至一五六七年在位）以南方藩王身分北上登基，其根據地在三國時代屬荊州範圍。在皇宮南門祭祀象徵「南方火」的關公，或許暗示帝系的轉移。事實上，自嘉靖以後，京師新建的關廟大多集中在城南，並最遲在萬曆年間，由正陽門關廟取代成為國家祀典關廟。

白馬關帝廟

據史志《宛署雜記》載，明英宗夢見關公騎白馬至此，敕命重修，故名。

土木堡之變、奪門之變

一四四九年，蒙古入侵，明英宗親征被俘，史稱「土木堡之變」。朝廷為應急，改立郕王為帝（明代宗），尊英宗為太上皇。後來蒙古送英宗回國，數年後英宗復辟，史稱「奪門之變」。憲宗是英宗兒子，於代宗在位年間被貶，直至父親復辟才恢復太子之位。

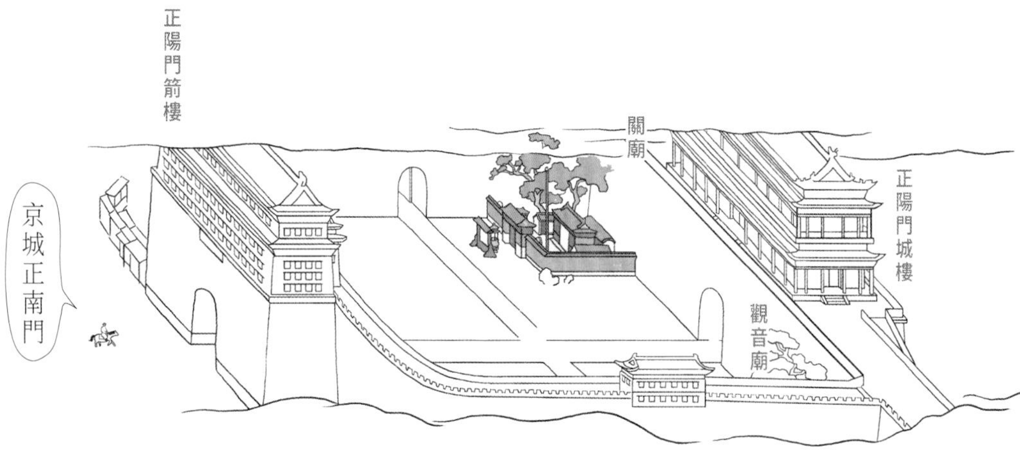

滿清入關後隨即下令恢復白馬關廟的「祀典」角色，並負責管轄地方官方關廟。是否再一次象徵南北權力交替不得而知，但這次變動主要限於官方層面。對百姓而言，京城中香火最鼎盛的始終是正陽門關廟，出入京城必經，清朝皇帝赴南郊祭天回程時常進香，文武大臣隨同，又設「關帝靈簽」，因而極為顯赫。加上面向鬧市大柵欄，貼近商賈百姓的生活圈，皇家可透過賞賜匾額、楹聯向民間傳遞信息；如康熙曾賜廟額「忠義」、乾隆曾賜楹聯「浩氣丹心，萬古忠誠昭日月」等。正陽門關廟猶如一座「小型展廳」，向全國宣示來自最高統治者的信息。

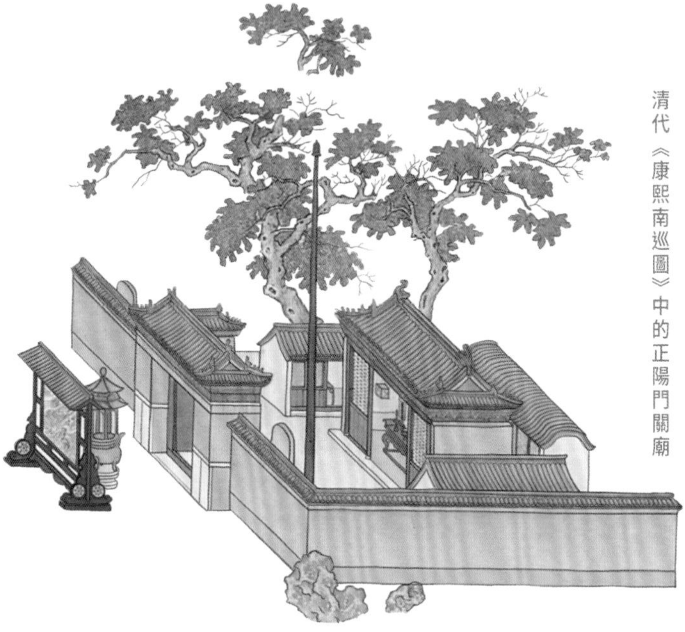
清代《康熙南巡圖》中的正陽門關廟

可惜這兩間廟
如今已不存在！

神聖空間

傳統中國的建築規格明確按照等級劃分。關公的封號從「侯」升為「王」再稱「帝」，其廟宇的建築規格也不斷升級。為官方服務的祀典關廟，參考皇家規格修建；一般民間關廟則因地制宜，並且融入當地信仰。

官方隆重

除了京城的國家祀典關廟，部分地方關廟亦由官方進行祭祀。明朝主要在解州關廟、淮安高家堰關廟和當陽關陵廟，到了清朝，雍正下令各省將規模較大的關廟改為官祀。以下透過中國現存規模最大的解州關帝廟為例，看清朝祀典關廟中的皇家元素。

解州關廟

單是廟區就南北長五百米，東西寬共二百一十六米，總面積超過十萬平方米（不包括廟後屬地），約相當於十三個標準足球場，是現存全國規模最大的關廟。

結義園

① 結義亭：內有卧石，線刻昔日桃園結義的歷史情景，供人瞻仰。

② 君子亭：明清時期曾是官紳議事的場所。

主廟

③ 端門：關帝廟正門，「端」表示端莊正直。官員在此下轎、下馬。

④ 鐘樓、鼓樓：發出報時、上香、誦經、集合的信號。

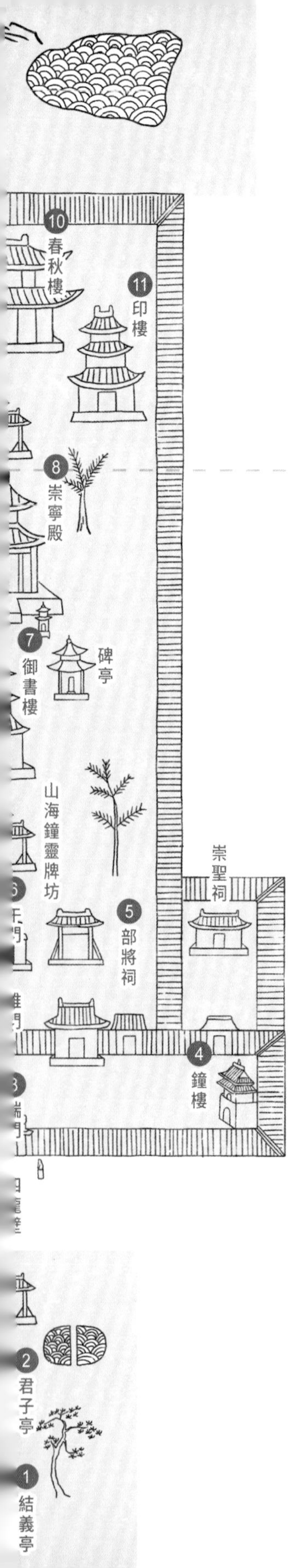

關公的重要事蹟、裝備和伙伴都變成一棟棟建築，這裏猶如一座關公博物館！

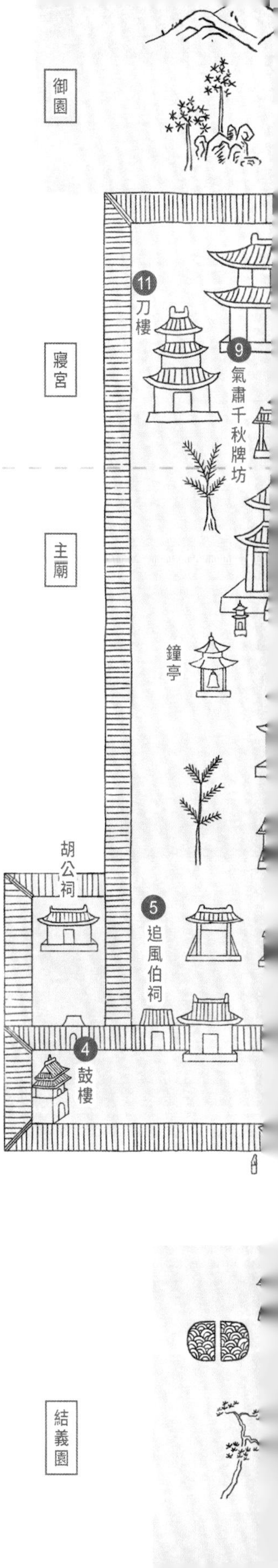

5 追風伯祠、部將祠：分別供奉關公的坐騎赤兔馬和部將。

6 午門：繪有周倉、廖化為門神。門外兩側有「精忠貫日」、「大義參天」牌坊。

7 御書樓：原名八卦樓，後因掛了康熙所題「義炳乾坤」橫匾而改名。

8 崇寧殿：廟宇正殿，供奉關公的帝王裝坐像。以台基托起，凌駕於周圍。台上有銅鑄香爐、仙鶴和供案。

寢宮

9 「氣肅千秋」牌坊：用以遮擋觀者視線，增加寢宮幽靜之趣。

10 春秋樓：廟內最後一座主體建築，共兩層。下層供奉關帝武裝坐像，上層供奉關帝讀春秋像。

11 刀樓、印樓：像是春秋樓的兩翼，分別供奉青龍偃月刀及漢壽亭侯印。

中軸對稱——主要大殿坐落在南北向的中軸線上，左右建築對稱，應用了皇宮的空間佈局。

前朝後寢——紫禁城的空間分工明確，前朝是舉行大型典禮的地方，後宮是皇家生活的地方。同樣概念之於關廟，則「前朝」是用於供奉關帝和舉行祭祀活動的主廟區域，「後宮」讓神明與家人「共聚」——原建有供奉關夫人的聖母殿及供奉關平、關興及其夫人的聖嗣殿，但已毀，現為刀樓、印樓及春秋樓。

三重廟門——清宮「五門」（大清門、天安門、端門、午門、太和門）承襲周朝禮數，是進入正殿的序幕。解州關廟的三重廟門（端門、雉門、午門）應用同樣概念，其命名亦反映皇家特色。

傳統中國建築幾種常見的屋頂形制

硬山頂：基本

歇山頂：高級

廡殿頂：尊貴

屋頂形制——判斷中國建築等級的重要元素。解州關廟正殿所採用的，是高級的重簷歇山頂，多見於達官貴人府第或較次要的宮殿，文廟正殿亦使用同樣形制。不過最尊貴的是廡殿頂，只有最隆重的宮殿才能應用（如紫禁城太和殿就用上最尊貴的重簷廡殿頂）。

解州關帝廟正殿（崇寧殿）

台南祀典武廟正殿立面

此廟的重簷歇山屋頂受空間限制而作出了調整，小飛簷看起來十分有趣。

琉璃瓦——用色有嚴格規定，黃最高貴，青綠次之。黃色屬皇家專用，見於紫禁城主要宮殿，文廟按規定亦可使用。解州關廟覆蓋黃、綠色琉璃瓦，等級並非最高，但應用黃色已是一種官家說明。曾使用純黃色屋瓦的關廟，據記載至少有京城的白馬關廟、正陽門關廟和承德關帝廟，由乾隆皇帝奏准使用。

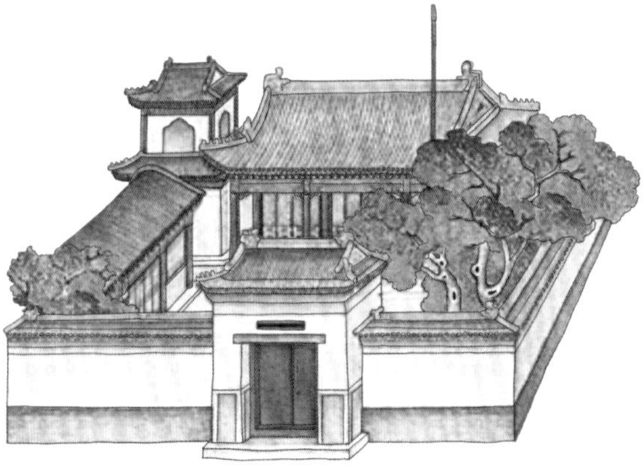

《南郊大駕鹵簿圖卷》中的正陽門關廟

此畫繪於乾隆十三年（一七四八年）。正陽門關廟在康熙時期仍是灰瓦頂（見第一八五頁），乾隆時期則變成黃色琉璃瓦頂。

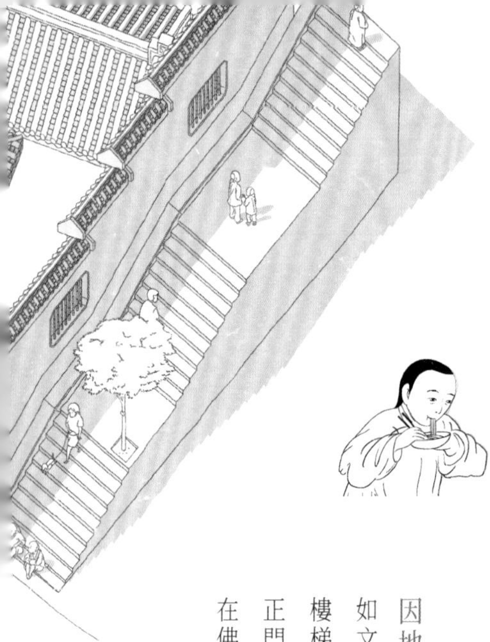

集資捐獻

文武廟多次獲坊眾捐款重修，廟內不難找到善信芳名、來歷。前院的一對石獅，便刻有「上中三市豬肉行敬送」。

地方命名

不只地方以關公的廟宇命名，地方出產的食品亦然，如台南「關廟麵」。

民間實用

民間廟宇多由鄉眾集資建成，規模有限，小則一進院落，層次簡單。但建築手法靈活變通，兼備禮儀與實用，適應地方需求。香港上環文武廟是其中一個重要例子。

組織社區——香港開埠初期以中西區最繁榮，是最具人氣的華人聚居地。上環文武廟即坐落在中心位置，昔日街坊將廟前的荷李活道稱為「文武廟直街」，稱此廟為「闔港文武廟」，足見重要性。文武廟曾是多功能社區中心，建築群結合列聖宮(供奉其他神明)、公所、義學(現已拆卸)，以及廟前用作擺賣或搭棚酬神的空地(現已改建為公園)，讓居民在此祈福、議事、學習、娛樂。有勢力的人士更會捐錢擔任文武廟值理，組成半官式的地方議會，處理華人事務。整座廟宇發揮不同社會功能，貼近民生，如關公般身兼多職。

因地制宜——官祀廟宇着重風水坐向，一般坐北朝南，民間則因地制宜。如文武廟，背山面海，座南朝北。因依山而建，信眾進入後殿需經過五級樓梯，形成步步「朝聖」的空間感。廟宇的取材、裝飾亦反映區域特色。如正門的柱和雕刻，以石材取代木材以適應香港潮濕氣候。屋頂的陶塑花脊在佛山石灣製造，整體色調由藍、綠、黑構成，屬廣東做法。

香港上環文武廟建築群

廟宇建築一般以主殿最宏偉，屋頂形制最高，裝飾最豐富；然而文武廟供奉主神的後殿，雖較大但屋外沒有什麼裝飾。最精緻的裝飾和構件都放置在前殿正門，面向街道，讓群眾觀賞。

天后

我也兼多職，九龍油麻地天后廟也是多功能建築組合。

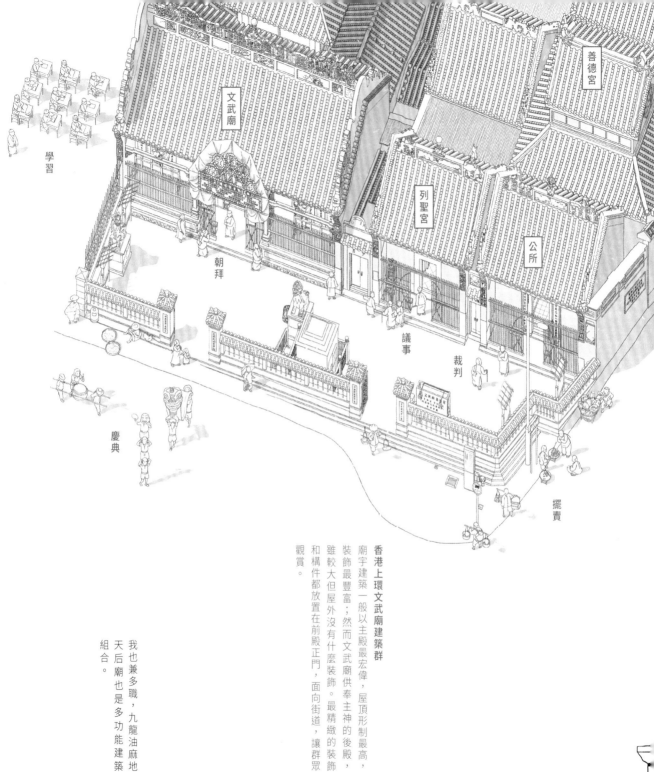

關廟從祀

一些關廟和年畫中，關公的隨從除了周倉和關平外，還加入了張仙和王靈官，協助「萬能神」關公管理各項職務。估計這種安排從清代開始。

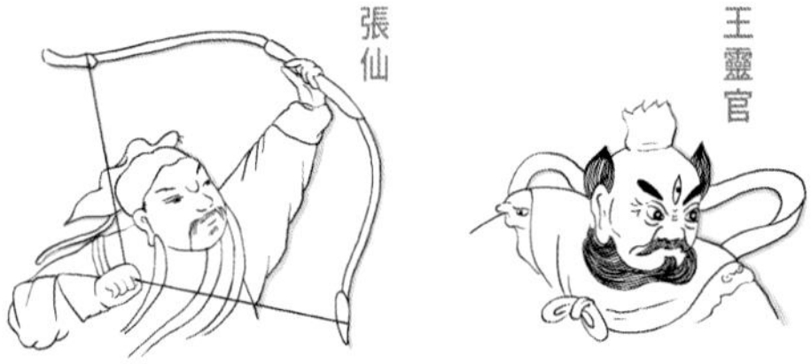

加入地方信仰——民祀關廟為民間服務，除了主神，也會供奉其他神明，沒有定式。如文武廟內，文昌、關公穩坐中央，其他配祀隨意安放。主神龕西邊的城隍殿，據說是鄰近城隍街一帶遷拆時搬過來。雖然文武廟住了「七十二家房客」，且二帝並祀，但關公地位非常突出。主神龕前的四位從祀，全是關公下屬。

周倉：仲張正義，勇敢堅毅。

關平：仲張正義，身體健康。

王靈官：家宅平安，趨吉避凶。

張仙：連生貴子，平安順產。

再者，廟內的對聯和牌匾，不少專為關公而寫，例如懸掛在正門後的「義重如山」和「神威普佑」牌匾都特指關公。

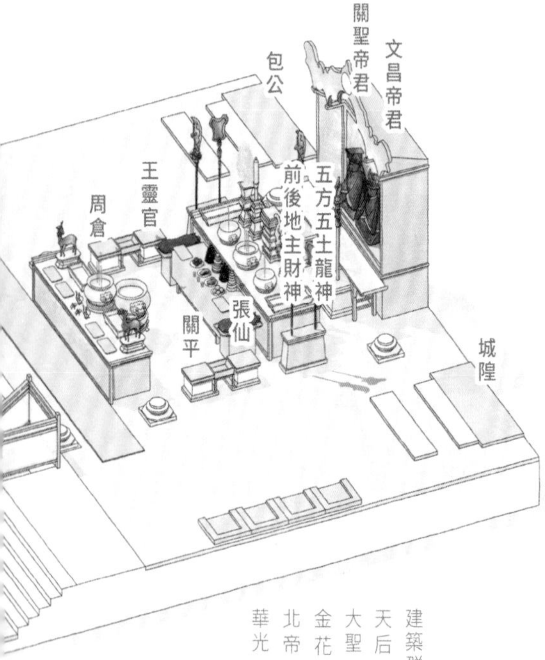

建築群內還供奉了觀音菩薩、天后娘娘、斗姆元君、齊天大聖、十二奶娘、和合二仙、金花娘娘、展護衛、龍母、北帝、孔明、韋馱、呂祖、華光、華佗等。

我的鄰居因應地區有變，如深水埗關帝廟內的「朱立大仙」（又稱朱大仙），受港澳一帶部分漁民信奉。

文武廟內諸神

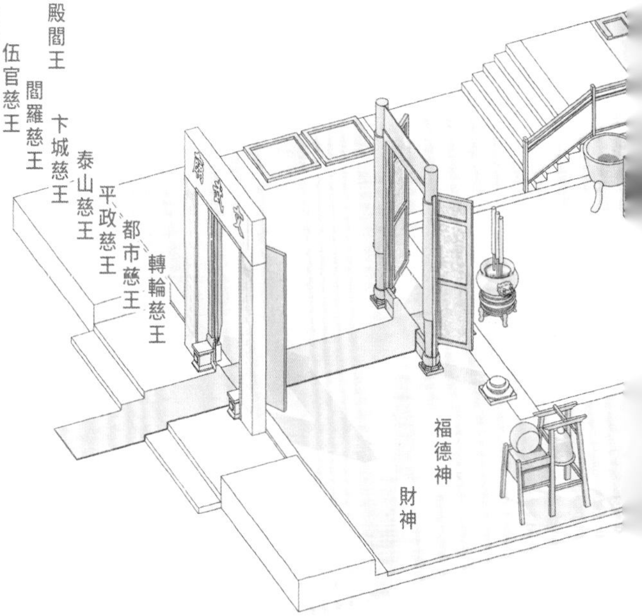

關廟是信仰的載體，從空間規劃到匾額都反映着信仰的內涵，並透過每一次祭祀活動得以鞏固。從現實角度來看，建廟是最鮮明的信仰聲明，更是官民雙方合作塑造關公信仰的渠道。官方透過修廟或賜額提高廟宇的威望，甚至賜封「關羽後代」世襲五經博士，來負責重點關廟的運作與祭典工作。這些「後代」擁有祭祀特權，除優免雜差，更獲得具體的經濟收益；如乾隆四十一年（一七七六年）便曾令解州官府用五百兩購買產業收租，用作贍養關博士之用，租金催收也由官府代勞。這些政策培養出一批積極的信仰支持者，他們透過整理關公傳說、編輯善書、追溯譜系來確立自身的地位，同時不斷豐富關公信仰的內容。

拜月老先拜關公

台南祀典武廟是一座既有官方規則，又滲雜民間內涵的關廟。作為清朝的官祀關廟，由官方倡議重修的記錄卻到清代中期（嘉慶十二年）為止；此後民間自力修復，結合地方信仰加建觀音堂、月老祠，使廟宇走向通俗化。據說現在主姻緣的月老是廟內最受歡迎的神明之一，不過信徒一般會先經過正殿，向關公行禮，再到月老祠上香。

關平

白臉清秀，手捧「漢壽亭侯印」，被後世尊為「關平太子」。

忠誠團隊

「主尊＋坐騎＋侍者」是中國寺廟最常見的神像組合之一，《演義》在創造關公團隊時可能受其影響。而如今關廟內的神像組合又如小說的再現，為關公配坐騎赤兔馬，關平、周倉侍奉左右，可見文學創造與民間信仰的互動關係。

赤兔馬
被後世封為「追風伯」，可能是傳統中國受封爵位最高的動物。

周倉
黑臉猙獰，手持「青龍偃月刀」，被後世封為「漢武烈侯」。

酬神 吉日禮拜

香港諸神

神誕像特殊的年曆，不同神祇輪流「當值」，賦予尋常日子不尋常的意義。

正月初二
車公
香港市民避「赤口」，多改於初三來參拜。

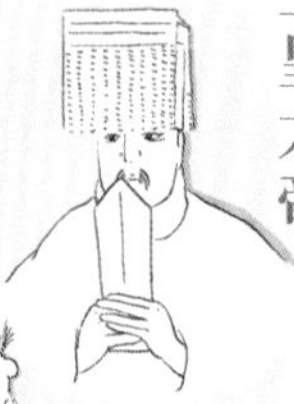

正月初九
玉皇大帝

二月初三
文昌

二月十九
觀音

三月初三
北帝

三月二十三
天后
我的生日場面盛大，有花炮會或打醮等。

四月初八
釋迦牟尼
我的生日已成為法定公眾假期。

四月十七
金花娘娘

十二月二十三
華佗

十二月二十五（西曆）
耶穌
除我以外其餘皆以農曆計算，為何把我也算進來？

十二月二十三
張仙（關公從祀）

十一月十七
阿彌陀佛

中國傳統文化滿天神佛，月月都有神生日，生日日期亦不只一種說法，這裏僅每月舉數例。

關公何時出生，在正史裏並無記載，但作為神明卻需要一個認可的公祭日。和很多神仙一樣，關公成神後多年，才訂立正式的生日。

迎祥
招財進寶

香港華富邨一處面海的斜坡上，有一座「神像山」，估計聚集了八千多尊神像。昔日人們因搬遷等不同原因將神像安置於此，慢慢聚合成山，由義工打理，天天上香供奉。

現在仍有人將神像送來，或從這裏請神像回去，不同神誕日都有信徒來此拜祭慶賀。神像中有不少關公像，造型多樣，有拿刀、讀書，甚至有手持元寶的財神造型。

生日傳說

為何關公生日總會下雨？

聽說是東海龍王給關公下的「磨刀雨」。正是磨好單刀去會魯肅呢！

可是關公每年都要會一次魯肅嗎？那是定期洗刀，好砍妖除魔！

我聽說那是關老爺的英雄淚。當日他帶着劉備的妻妾和自己的妻子離開曹營，最後為了趕路只好殺了愛妻。嗚，那真叫人心痛！

不是吧，傳說關公的長髯正是烏龍附體，自然擁有操縱風雨的神能。

關公本名就叫「雲長」，下雨有什麼好奇怪的……

下雨天，關帝誕快樂！

總要在雨天

關帝誕的日期有多種說法，以農曆五月十三日和六月二十四日較為普遍；前者在明清兩代由官方「欽定」，後者在民間流傳，卻無一例外與「風雨」相關，都是農耕民族的選擇。

農曆五月中旬正值春夏交替，棉花開始結鈴，北方第二造麥黍播種；若然遇上乾旱天氣，不但影響收成，更會影響手工業者和商家的生計。五月下的雨關乎衣食，民間傳說五月十三日上天會為關公下「磨刀雨」，其實是反映對溫飽的期望。

至於「六月二十四日」的說法，則來自康熙十七年（一六七八年）發現的一塊殘碑，不但寫有關公的生日，更有其祖先、祖父及父親的名字，以及其子關平的生日（五月十三日）。那很可能是一次聯想創造，卻很快便被信徒接納。在道教系統裏，六月二十四日原是雷祖的誕辰，而雷祖和關公一樣被賦予興雷降雨的職能，選這日子正好滿足民眾祈雨的需求。

如今香港的廟宇大多選擇在六月二十四日慶祝關帝誕，至於五月十三日則成為關平太子誕，兩個吉日都有慶祝。

從廟會到生辰

元朝大都（今北京一帶）的關廟在五月十三日及九月十三日舉辦定期廟會，惜未有記載原因。到明朝五月十三日成為官定關公誕，沿襲至清。至於九月十三日，明末在解州地區被視為關公忌辰。

皇帝親耕禮

春祈秋報

春、秋是古代祭祀最頻繁的季節，春播時祈求風調雨順，秋收時酬謝神恩。傳統上農事關乎國祚，故此春秋二祭漸漸成為最重要的祭祀活動，上至皇帝，下至百姓，當日都會拜祭天地和先人，乃至重要神明，以示尊崇。

春秋二祭關公的日子，在清朝有明確的官方指引，雍正三年（一七二五年）定於「春秋二仲月上戊日」致祭。

仲月——每季的第二個月，為時之中正。仲春即農曆二月，仲秋即農曆八月。

上戊日——即每月第一個「戊日」，天干中排第五。戊日是道教術語，全年共三十八個，忌動土耕作，以免觸怒土神，使農作物遭災。

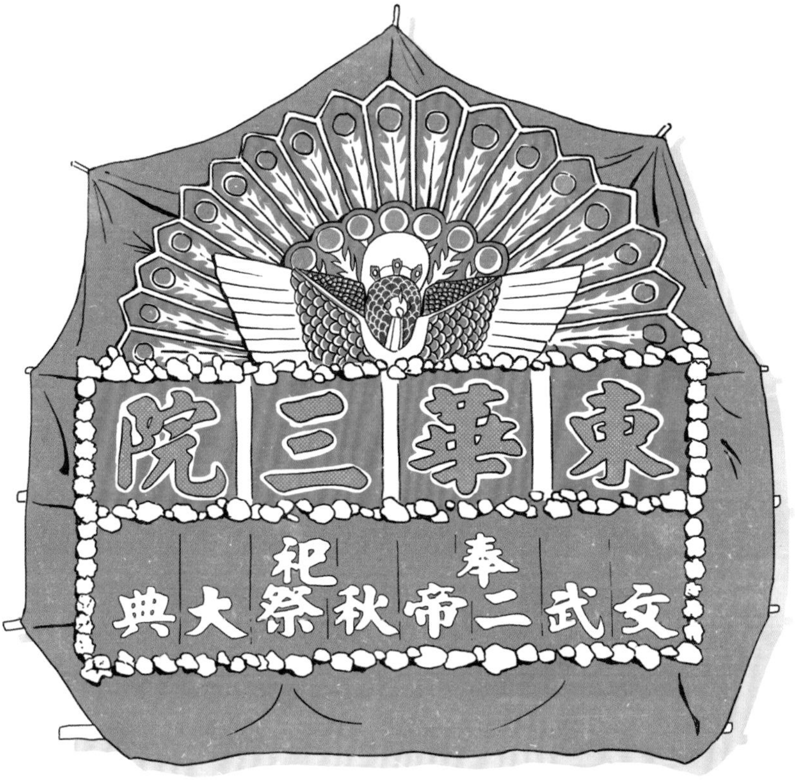

東華三院雖沒有任何信仰，但每年仍舉辦秋祭，以承傳傳統文化。

其實此日子在唐代，即關公成為國家武神之前早已定下。當時的典籍沒有解釋選擇「上戊日」的原因，不過「戊」在五行中屬土，而歷代皇帝亦大多在這一天祭祀社稷（土地和穀物之神）；定於這天祭祀「安邦護土」的武神，再也適合不過了。相應地，祭武廟的前一天，即「上丁日」是祭祀文聖孔子的日子；一說「丁」屬火，取其文明之義。

隨時代轉變，春秋二祭也作出調整。以香港為例，東華三院文武廟的春祭已被清明節取代，只進行簡單上香儀式，秋祭則仍盛大舉行，並交由風水大師從「通勝」裏挑選好日子。「豐收」的意義古今有所不同，但感恩的態度仍然承傳着。

秋祭感言

東華三院董事局前主席陳文綺慧，家族中有多位成員曾任總理，從小對秋祭耳濡目染。她分享說：「秋祭就像我們華人的『Thanks giving』（感恩節），每年都隆重其事，為香港祈福。我們多年來堅持穿唐裝出席，男總理一身藍袍黑褂，女總理則是旗袍……儀式中最打動我的是祝文，文句皆與孝義等傳統有關，是前人給我們的重要教訓……把前人智慧傳誦下去，在現今社會更見重要。」

拜祭關公用的祭品

在香港，一般拜關帝時會點燃一對蠟燭、三支大香，再燒一份關帝寶牒，內有給關帝的神衣、帽、鞋、紙錢及貴人紙等。視乎隆重程度，關帝衣分不同大小、材質。貴人紙也有多種選擇：如長貴人（長年都有）、圓貴人（圓滑）、轉運貴人、招財貴人、六合貴人等。這裏展示一些拜祭關公時常見的祭品。

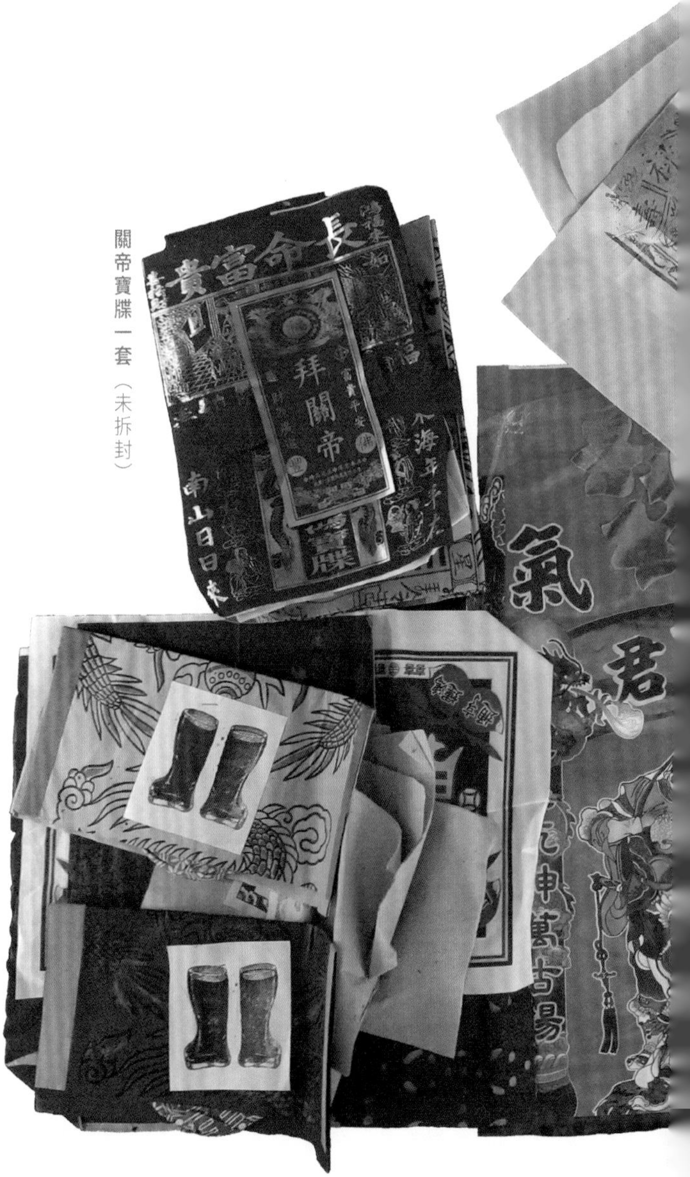

關帝寶牒一套（未拆封）

神衣（祭祀其他神祇也用）

信徒除平日上香，一般會在初一、十五祭神。不過商家（如海味鋪）基於「牙祭」的傳統，會在初二及初十六進行拜祭。至於關帝誕和秋祭的祭品則較隆重。除了金銀衣紙，還有果品、燒豬等。

不過按照古禮，官方會用新鮮宰割而未經烹調的豬、牛、羊作為祭品，台南的祀典武廟至今仍傳承着這傳統祭祀儀式。

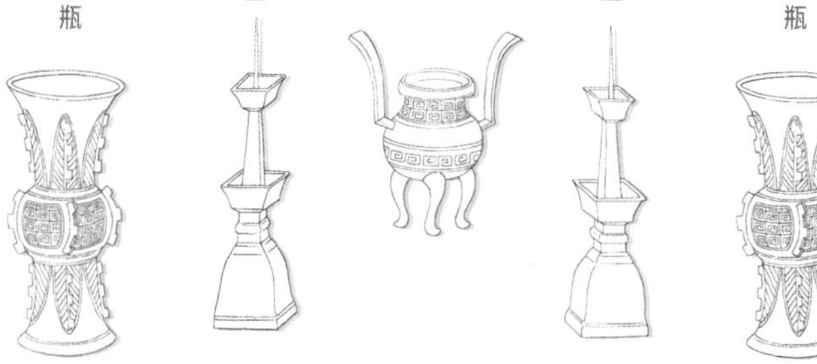

五供
設置在神臺上的重要禮器。包括香爐一座、燭臺及花瓶各一對。台南祀典武廟秋祭使用的禮器最早可追溯至清代乾隆時期，新造的亦按乾隆時期的規格製造。

禮儀

神明也分等級，按清朝分三等：大祀、中祀及群祀。「大祀」祭天地、社稷，「中祀」祭歷代帝王及重要的山川神明，「群祀」則是歷史名人及護國佑民的神靈。

關公信仰在清朝達到高峰，官方祭品與祭儀也一路升級；先是雍正下令改以「太牢」祭祀，再於乾隆時加配「禮樂」，並最終由咸豐將關公從群祀升為中祀，增配「佾舞」。在光緒升孔子為大祀以前，關公的地位曾一度與孔子同級。

祭典流程（參考二〇一七年台南祀典武廟秋祭武聖大典及古籍）

上至天子，下至庶民的祭天、祭地、祭祖儀式，其實都循着相似的模式：先請神明降臨，奉上獻禮，宣讀祝文請神明繼續庇佑，焚燒祭品辭別神明。

掃描二維碼，觀看二〇一七年台南祀典武廟秋祭武聖大典流程。

1 準備祭品，太牢入廟。

2 於武廟後殿「三代廳」拜關公三代祖先，恭讀祝文，讚頌關公先祖的誕育之恩。

太牢

新鮮宰割、未經烹調的牛、羊、豬各一。古時肉食珍貴，尤其牛作為耕種主要勞動力，不會輕易屠宰。奉獻全隻犧牲，表示對神明的最大敬意。

拜三代祖先

象徵慎終追遠，加強「孝」的觀念。對雙親盡孝，對君主盡忠，是儒家人倫道德的基礎。與此同時以謙虛的態度表明，即使聖人也是在前人的基礎上建功立業。

3 起鼓三嚴。「初嚴」通知，「再嚴」準備，「三嚴」引執事者、獻官、樂舞生等人有序進入，並按編排各就各位。

4 瘞毛血，準備迎神。

起鼓三嚴

每嚴由慢至緊擊鼓一百〇八下，警示參與者。

瘞毛血

迎神儀式，「瘞」指埋葬，用淨器盛太牢的血和毛髮掩埋於「瘞坎」，以告示神明太牢生命鮮活，毛色純潔。

毛血盤

請神明降臨，奉上獻禮，請求繼續庇佑。

5 迎神——禮樂奏起，行三跪九叩禮，迎接關帝神靈。

三跪九拜禮
覲見神佛時的禮儀，清朝覲見皇帝或大臣時亦行此禮，以表示最大敬意。自辛亥革命後被廢除，現改為三鞠躬禮。

禮樂

「禮」以規範道德行為，「樂」以陶冶性情、移風易俗；故「制禮作樂」被儒家學者視為治理天下的基礎。皇帝登基、祭天地等國家禮儀必配以樂舞，並按照等級有所區別。

自從清乾隆帝規定「凡祭典皆有樂章」，關廟始傳出樂聲（民間以戲曲酬神則另作別論）。不過當時關公僅屬「群祀」之列，只能以樂隊規模較小的「慶神歡樂」來演奏。直至咸豐朝升為中祀，才制定新樂章，並改用最高規格的「中和韶樂」來演奏；樂器材料包括金、石、土、革、絲、木、匏、竹，即八音俱全，符合「大樂與天地同和」的儒家禮樂思想。開始（迎神）到結束（望燎），祭典共由七篇樂章串連。樂章以「平」命名，取「天下太平」之意。音樂莊嚴肅穆、徐緩穩重，確保典禮在穩定的節奏下進行。

❻三獻禮，典禮中最隆重的禮節，配合佾舞而進行。

初獻——奠帛、獻爵後恭讀祝文，讚揚關帝忠義精神。

亞獻——獻爵。

終獻——獻爵後進行「飲福受胙」，領受神恩。

佾舞

祭祀中呈獻的舞蹈僅見於三獻禮。在關帝祭典中，初獻用武功之舞，舞生手執干戚，展現威武氣勢；亞獻及終獻則手執翟籥，呈現文德之舞。每個動作代表一個字，隨唱頌而轉換，演繹一篇文章。

「佾」指樂舞的行列，分為八佾（六十四人）、六佾（三十六人）和四佾（十六人）。自關公升為中祀，官方規定京師以八佾舞、直省以六佾舞祭祀。台南祀典武廟秋祭以「六佾舞」（三獻皆用文舞）祀關公，傳統由以成書院負責安排。

八佾舞原本只供天子使用，春秋時季孫氏作為魯國大夫，卻盜用國君禮儀，孔子看見大怒斥責：「是可忍也，孰不可忍也！」可是後代為了尊崇孔子，寧可犯禮也要以八佾祭孔。

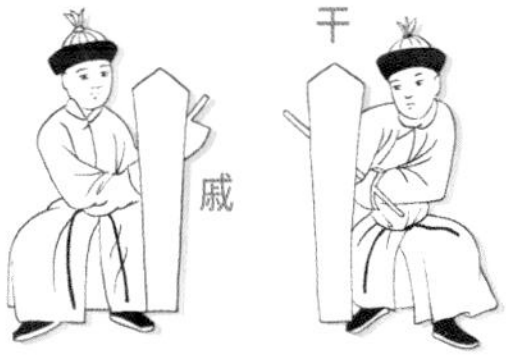

武功之舞用的「干」和「戚」，即盾與斧；文德之舞用的「翟」由雉羽做成，而「籥」則是一種短笛。台南祀典武廟秋祭中，舞生只拿翟籥。

奠帛

「帛」為白色無文的絲織品，是祭神用的「幣」。

獻爵

即向神明獻酒。俗諺「無酒不成禮」，酒被視為穀物的精華，餘糧釀酒祈求豐收。獻禮所用酒杯多採用「爵」；而自清乾隆十三年（一七四八年）詔「祭品宜法古」，關帝祭器皆用銅。

爵

飲福受胙

「福」和「胙」指祭神用的酒和肉，此儀式之意為受神明庇佑降福。

焚燒祭品辭別神明

7 徹饌

8 送神：鐘鼓齊鳴，恭送關帝神靈。

9 望燎（望瘞）：將奉獻的祭品和心意化成煙火上達神鑒。

禮樂止。禮成，按擊鼓節奏退班。

祀典武廟內的鎮殿大關帝，超過三百年歷史。

除了正式的禮儀活動外，各地民眾也會舉行廟會、酬神戲、巡城等活動，名副其實「與神同樂」。最後以一段關帝誕祭文作此篇總結，這亦是眾人心中的關公形象：

「兩漢殊絶之英雄，千古不磨之忠義。庇民佑國，依然扶漢之心。蕩寇伏魔，總是吞吳之氣。精銷金石，超三界以常存。響答鼓枹，奄八荒而猋至。茲當林鐘之月，正逢嶽降之辰。刀劍在懸，猶想當年之弧矢。脂蕭致灌，駿奔薄海之衣冠。某藉用白茅，載以清酒。青鋒赤驥，儼左右之若臨。濁霧腥風，隨鞭笞而迅掃。」

附：咸豐三年（一八五三年）關帝廟樂七章樂章內容

迎神　格平之章

懿鑠兮焜煌
神威靈兮赫八方偉烈昭兮累禩祀事明兮永光達精誠
兮黍稷馨香儼如在兮洋洋

大意：祭禮準備好，場面盛大、美好、光明，就像神明降臨了，充滿整個空間。

奠帛初獻　翊平之章

英風颯兮
神格思紛綺蓋兮龍旗蕤桂醑兮盈卮香始升兮明粢惟
降鑒兮在茲流景祚兮翊昌時

大意：英風颯颯，旗幟華麗地飄揚，酒滿穀香，神明廣播大福，護衛太平盛世。

亞獻　恢平之章

觴再酌兮告虔舞干戚兮合宮懸歆苾芬兮潔蠲扇
巍顯翼兮
神功宣

大意：再獻酌時誠心禱告，樂舞按制度進行，祭品香、祭具潔，宣揚神明的功德。

初獻舞

亞獻舞

終獻舞

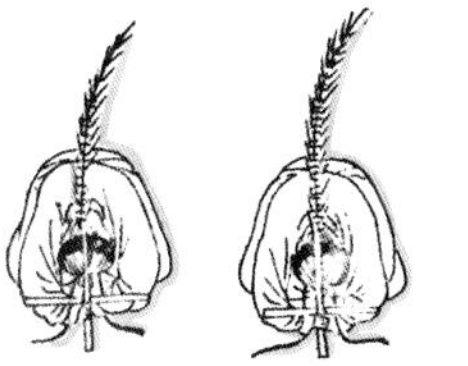

工尺譜

唱詞旁的文字，是中國傳統記譜法，類似西樂的唱名（Do、Re、Mi……），至今傳統戲曲伶人仍然使用。

終獻　靖平之章

鬱鬯兮三申羅籩簋兮畢陳儀卒度兮肅明禋
神降福兮宜民宜人

大意：斟酒再三高唱，禮器陳列妥當，禮儀完整肅穆，天神降福給人們。

徹饌　彝平之章

物惟備兮咸有明德惟馨兮
神其受告徹兮禮終罔咎佑我家邦兮孔厚

大意：將備好的物品和美德都獻給神，禮儀完畢，沒有受到怪責，神明應許保家佑國。

送神　康平之章

幢葆蕤兮
神聿歸馭鳳軫兮驂虬騑降烟熅兮餘馞馡顧回靈盼兮
德洽明威

大意：神明乘坐華麗的車歸去，留下濃郁的香氣。神明回眸，看到美德已威滿人間。

望燎　康平之章

焄蒿烈兮燎有煇
神光遙燭兮祥雲霏祭受福兮茂典無違庶揚駿烈兮永
奠亹亹

大意：神光遙照祭祀的燎火，祥雲飄動，福氣已接收無違，祈請神明的偉業永遠長存。

一起關心

現代人看民間信仰，很多時會認為是「迷信」。但回顧關公信仰的發展，可見當中包含濃厚的人文精神。「忠、義、仁、勇」至今仍可以是生活指導和標竿，具有無分民族、職業與地位的普遍價值。再者，在神明前許願，小可看成一種精神黏合劑，人們訂立共同目標，眾志成城，推動實質的社會建設。

關公的鮮明形象更是跨媒介的集體創作，立體地將關公代表的正氣之風吹到民眾生活每個角落。當中不同媒體之間的挪用與交流，表現形式與精神的緊密結合，乃至理念如何透過藝術深入人心，很值得欣賞與借鑒。

綜觀這跨越千年的「造神」運動，我們看到古人如何以傳承、豐富和轉化歷史來對應當時的處境，甚至從傳統社會走進近現代世界。說明關心現在，不能忘記過去，如何看待和詮釋這些歷史，反映我們的價值觀以至對當下的判斷。期望此書的觀點和整理，能成為傳承傳統文化的一點資源。

看來關公仍要繼續忙碌，陪伴我們一起關心身邊，以至世界的人和事。

參考書目

〔晉〕陳壽撰，〔南朝宋〕裴松之注，盧弼集解，錢劍夫整理：《三國志集解》，上海：上海古籍出版社，二〇一二年。
〔明〕羅貫中：《三國演義》（平裝本），香港：中華書局（香港）有限公司，一九九五年。
〔清〕盧湛彙輯：《關聖帝君聖蹟圖誌全集》，香港：關德興藏版：印刷者廣信印務公司，一九六一年。

丁新豹主編：《香港歷史散步》，香港：商務印書館香港有限公司，二〇〇八年。
么書儀：《晚清戲曲的變革》，臺北：秀威資訊科技股份有限公司，二〇一三年。
王小明：《京劇髯口之研究》，臺北：秀威資訊科技股份有限公司，二〇一三年。
孔在齊：《京劇六講》，香港：三聯書店香港有限公司，二〇一二年。
王志遠、康宇：《關公文化學》，北京：中國社會科學出版社，二〇一五年。
尹飛舟：《中國古代鬼神文化大觀》，南昌：百花洲文藝出版社，一九九二年。
台南市政府委託，孫全文教授主持：《祀典武廟研究與復修計劃》，台南：台南市政府，一九八七年。
朱正明：《走遍天涯訪關公》，台南：企鵝圖書有限公司，二〇一七年。
李福清：《關公傳說與三國演義》，臺北市：漢忠文化事業股份有限公司，一九九七年。
金文京著，林美琪譯：《三國志的世界》，新北市：臺灣商務印書館，二〇一八年。
東華三院策劃：《東華三院文武廟對聯牌匾圖錄》，香港：東華三院社會服務科，二〇一八年。
東華三院策劃，高添強著：《東華三院文武廟——建成一百七十周年紀念史略》，香港：東華三院社會服務科，二〇一八年。
明報周刊生活空間組、設計及文化研究工作室：《明周城市系列——荷李活道》，香港：明報雜誌有限公司，二〇一三年。
周樹佳：《香港諸神：起源、廟宇與崇拜》，香港：中華書局（香港）有限公司，二〇〇九年。
周錫保：《中國古代服飾史》，北京：中國戲劇出版社，一九八四年。

胡小偉：《關公崇拜溯源》，太原：北嶽文藝出版社，二〇〇九年。
胡小偉：《護國佑民：明清關羽崇拜》，香港：科華圖書出版公司，二〇〇五年。
洪淑苓：《關公民間造型之研究：以關公傳說為重心的考察》，臺北：臺大出版中心，一九九五年。
高明士：《中國中古政治的探索》，臺北：五南圖書出版公司，二〇〇六年。
徐連達：《帝國宮廷的深處——中國古代皇帝制度解讀》，香港：香港中和出版，二〇一二年。
柴澤俊：《中國古代建築——解州關帝廟》，北京：文物出版社，二〇〇二年。
陳仲輝：《中國男裝》，香港：三聯書店香港有限公司，二〇一二年。
梁炳華編：《中西區風物志》（修訂版），香港：中西區臨時區議會，二〇一一年。
許倬雲：《萬古江河》，香港：中華書局香港有限公司，二〇〇六年。
閻群編繪：《中國京劇臉譜圖典》，哈爾濱：黑龍江美術出版社，二〇〇〇年。
黃華節：《關公的人格與神格》，臺北：臺灣商務印書館，一九七二年。
楊泓：《華燭帳前明：從文物看古人的生活與戰爭》，香港：香港城市大學出版社，二〇〇九年。
顏清洋：《從關羽到關帝》，臺北：遠流出版社，二〇〇六年。
蔡東洲、文廷海：《關羽崇拜研究》，成都：巴蜀書社，二〇〇一年。
蕭登福、林翠鳳主編：《關帝信仰與現代社會研究論文集》，臺北：宇河文化出版有限公司，二〇一三年。

參考文獻

第一部 歷史篇・事關重大

王見川：〈軍神、協天大帝、關聖帝君：明中期關公信仰探索〉，《臺灣宗教研究通訊》，第四期，頁二六三至二七九。

王見川：〈唐宋關羽信仰初探——兼談其與佛教之因緣〉，《圓光佛學學報》，二〇〇一年十二月，第六期，頁一一一至一二三。

王見川：〈清代皇帝與關帝信仰的「儒家化」：兼談「文衡聖帝」的由來〉，《北臺灣科技學院通識學報》，二〇〇八年〇四期，頁二一至四一。

王見川：〈清朝中晚期關帝信仰的探索：從「武廟」談起〉，收入王見川、蘇慶華、劉文星，《近代的關帝信仰與經典：兼談其在新、馬的發展》，新北：博揚文化事業有限公司，二〇一〇年，頁九〇至一〇六。

王見川：〈關公戰蚩尤之考察〉，收入王見川，《漢人宗教、民間信仰與預言書的探索》，新北：博揚文化事業有限公司，二〇〇八年，頁三九四至四三〇。

戶華為：〈關林之祀與明清洛陽社會變遷——以關林碑刻為中心的考察〉，《中州學刊》，二〇〇八年第六期，頁一六三至一六八。

朱維錚：〈武聖怎會壓倒文聖？〉，收入朱維錚，《重讀近代史》，香港：中華書局（香港）有限公司博揚文化事業有限公司，二〇一二年，頁一七一至一七四。

周努魯：〈關羽信仰研究的回顧與探討〉，《宗教研究》，二〇一二年〇〇期，頁二一九至二四〇。

秦翠紅：〈中國古代「忠義」內涵及其演變探析〉，《孔子研究》，二〇一〇年〇五期，頁五八至六二。

張志斌：〈解州考略〉，《運城高等專科學校學校報》，二〇〇一年第十九卷第五期，頁七四至七五。

黃　晉：〈《三國演義》在明清時期的傳播與影響研究〉，東北師範大學博士學位論文，二〇一二年。

楊靜靜：〈朱熹蜀漢正統論〉，《宜春學院學報》，二〇一二年三十四期，頁九四至九七。

盧升弟：〈成都出土東漢「別部司馬」銅印考〉，《中國國家博物館館刊》，二〇一七年〇一期，頁四四至五〇。

繆　鉞：〈三國志的書名〉，《讀書》，一九八三年〇九期，頁一五〇至一五一。

繆　鉞：〈陳壽與三國志〉，《歷史教學》，一九六二年〇一期，頁四八至五二。

第二部 藝術篇・一夫當關

么書儀：〈晚清關公戲演出與伶人的關羽崇拜〉，《戲曲研究》，二〇〇三年〇一期，頁一至三〇。

于建剛：〈中國京劇習俗研究〉，中國藝術研究院博士學位論文，二〇〇八年。

王利器：〈羅貫中與《三國志通俗演義》（上）〉，《社會科學研究》，一九八三年〇一期，頁六八至一〇一。

王利器：〈羅貫中與《三國志通俗演義》（下）〉，《社會科學研究》，一九八三年〇二期，頁六四至七一。

王偉偉：〈韓國的關公信仰研究〉，中國海洋大學碩士論文，二〇一四年。

王雲紅、邵輝：〈金蘭譜與中國傳統結義習俗〉，《尋根》，二〇一六年〇三期，頁九至一五。

王菡薇：〈元代關羽圖像的發展〉，《江蘇社會科學》，二〇一八年〇一期，頁二一九至二二八。

王學秀：〈雜談紅生與紅淨〉，《當代戲劇》，一九九九年〇一期，頁一八一至二一五。

文　靜：〈「武士」關羽——兼論吉川英治《三國志》〉，《名作欣賞》，二〇一五年二十一期，頁一四三至一四五。

加央平措：〈關帝信仰在藏傳佛教文化圈演化成格薩爾崇拜的文化現象解析〉，中央民族大學博士學位論文，二〇一〇年。

加央平措：〈關帝信仰與格薩爾崇拜——以拉薩帕瑪日格薩爾拉康為中心的討論〉，《中國社會科學》二〇一〇年〇二期，頁二〇〇至二一九。

李小強：〈丹鳳眼與美鬚髯——大足道教石刻藝術劄記〉，《中國道教》二〇一四年〇四期，頁三一至三三。

吳　真：〈紅黑臉譜與戲曲角色類型化的形成〉，《民族藝術》，二〇〇一年〇三期，頁一二九至一四〇。

吳偉明：〈日本流行文化改造中國三國歷史〉，收入吳偉明，《在日本尋找中國：現代性及身份認同的中日互動》，香港：中文大學出版社，二〇一三年，頁九三至一一〇。

吳偉明：〈近世日本關帝信仰初探〉，《道教研究學報：宗教、歷史與社會》二〇一七年〇九期，頁一八五至一九八。

杜鵑、車文明：〈關公信仰對關公戲傳播的影響研究〉，《戲曲文化研究》，二〇一五年〇三期，頁二五六至二七一。

更藏卓瑪：〈藏族史詩《格薩爾王傳》簡介〉，《青年文學家》，二〇一四年〇九期，頁一四。

金榮華：〈漢城關廟的傳說和特色〉，《廣西民族學院學報》（哲學社會科學版），二〇〇〇年第二十二卷第五期，頁五七至六〇。

胡小偉：〈金代關羽神像考釋〉，《嶺南學報》，新第一期，頁二二八至二九五。

柳珍姬：〈清朝關公戲裝扮和道具的研究〉，國立政治大學中國文學系博士學位論文，二〇〇四年。

孫培彥：〈元明清水陸畫中人物服飾及織物紋樣研究〉，浙江工業大學碩士學位論文，二〇一五年。

張同勝：〈結義與結安答〉，《濟寧學院學報》，二〇一二年〇一期，頁一六至一九。

陳志勇：〈「關公戲」演出禁忌的生成與禳解〉，《戲曲研究》，第七十五輯，頁一七六至一九二。

陳　淩：〈馬鐙起源及其在中古時期的傳播新論〉，《歐亞學刊》，二〇〇七年〇〇期，頁一八〇至二一四。

梅靜錚：〈論「桃園結義」及對世的影響〉，《成都大學學報》（社科版），二〇〇六年〇六期，頁四七至五二。

趙永祺：〈京劇關公臉譜賞析〉，《中國京劇》，二〇〇七年〇六期，頁六四及七三。

第三部　生活篇・多多關照

丁新豹：〈香港早期之華人社會一八四〇至一八七〇〉，香港大學文學院博士論文，一九八八年。

包詩卿：〈從關羽廟宇與修看明代關羽信仰中心的北移〉，《西南大學學報》（社會科學版），二〇〇九年第三十五期，頁一七一至一七五。

包詩卿：〈明代軍事活動與關羽信仰傳播〉，《中州學刊》，二〇〇八年第三期，頁一五二至一五五。

包詩卿：〈庇佑「敵國」：明代江南地區關羽信仰的傳播〉，《史林》，二〇一四年〇四期，頁七七至八七。

伍德林：〈宗教對中國古代戰爭的影響〉，上海師範大學博士論文，二〇一六年。

林國平：〈明清東山社會的變遷與關帝職能的演變〉，《閩台文化研究》，二〇一四年第四期，頁四九至五四。

侯　娟：〈從私葺到官修：明清山西解州常平關帝廟的演變及影響〉，《山西檔案》二〇一二年第四期，頁四三至四八。

張雲燕：〈北京正陽門關帝廟建置沿革考〉，《北京文博文叢》，二〇一八年〇一期，頁二四至三三。

黃壯釗：〈關羽的祖先與後裔：以山西常平關帝祖祠為中心〉，《中國文化研究所學報》，二〇一五年第六十一期，頁一九一至二一〇。

傅含章：〈論商人的關公信仰〉，《東海大學圖書館館刊》，二〇一六年第七期，頁一至二〇。

鳴謝（以筆劃順序排列）

本書得以順利完成，有幸得到以下機構和人士的指導和支持，謹致衷心謝意：

世界龍岡學校黃耀南小學
東華三院文物館
保良局歷史博物館
香港八和會館
香港警務處

王浩一先生
孔維雯女士
史秀英女士
朱傳榮女士
杜千送先生
李志清先生
李俊寬先生
李焯然教授
李鈺麟先生
汪明荃博士
何明新先生
何興中先生
周秉燊先生
周俊輝先生
周景培先生
林婉意女士
胡有榮先生
唐文華先生

馬冠堯先生
袁國是女士
陳美芝女士
陳燦舉先生
張浩林先生
張麗蘋女士
許昭賢先生
許源泰博士
黃秋生先生
曾乾瑜先生
曾惠玲女士
曾醒明先生
曾憲權先生

葉孝忠先生
葉青華女士
溫英輝先生
楊春棠先生
鄧英華先生
劉石佑先生
蔡舜任先生
蕭炳強先生
駱得光先生
盧德輝先生
鍾瑞昌先生
羅厚良先生
羅家英先生

關公駕到

SALUTE TO KWAN KUNG

作者　設計及文化研究工作室（蘇珏、陳漢威、鄭穎敏）
策劃　大館——古蹟及藝術館
責任編輯　趙寅
書籍設計　設計及文化研究工作室
出版　三聯書店（香港）有限公司
香港北角英皇道四九九號北角工業大廈二十樓
Joint Publishing (H.K.) Co., Ltd.
20/F., North Point Industrial Building,
499 King's Road, North Point, Hong Kong
印刷　中華商務彩色印刷有限公司
香港新界大埔汀麗路三十六號十四樓
香港發行　香港聯合書刊物流有限公司
香港新界大埔汀麗路三十六號三樓
版次　二〇一九年七月香港第一版第一次印刷
規格　十六開（185 x 243mm）二二四面
國際書號　ISBN 978-962-04-4496-8

三聯書店
http://jointpublishing.com

JPBooks.Plus
http://jpbooks.plus